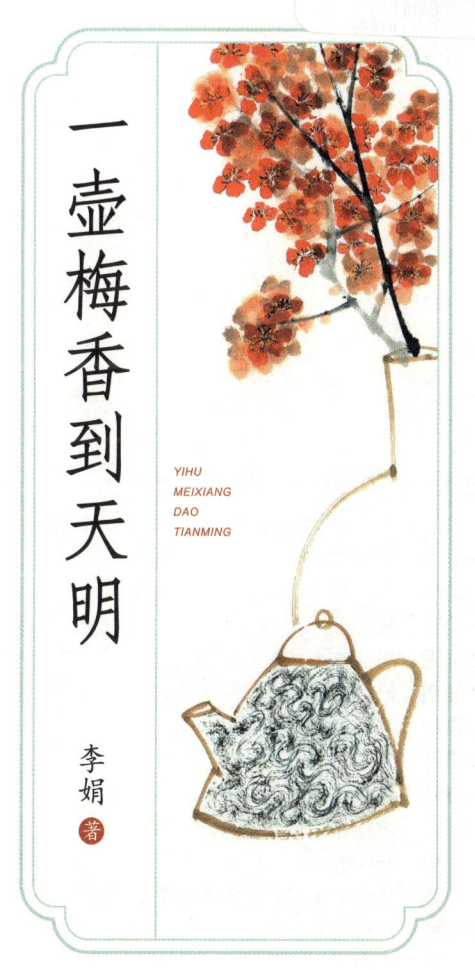

一壶梅香到天明

YIHU
MEIXIANG
DAO
TIANMING

李娟 著

山东城市出版传媒集团·济南出版社

图书在版编目(CIP)数据

一壶梅香到天明 / 李娟著. —济南:济南出版社,2023.5
ISBN 978-7-5488-5663-4

Ⅰ.①一⋯ Ⅱ.①李⋯ Ⅲ.①散文集—中国—当代 Ⅳ.①I267

中国国家版本馆 CIP 数据核字(2023)第 084627 号

一壶梅香到天明　　李娟　著

出 版 人	田俊林
图书策划	李圣红
责任编辑	陶　静　李洪云
封面插图	冯　杰
彩色插图	冯　杰
封面设计	八　牛
版式设计	王园园
出版发行	济南出版社
地　　址	济南市二环南路 1 号
邮　　编	250002
印　　刷	济南乾丰云印刷科技有限公司
成品尺寸	148mm×210mm　32 开
印　　张	7.25
字　　数	116 千
版　　次	2023 年 5 月第 1 版
印　　次	2023 年 9 月第 1 次印刷
书　　号	ISBN 978-7-5488-5663-4
定　　价	59.00 元

(如有倒页、缺页、白页,请直接与出版社联系调换。联系电话:0531-86131736)

何日歸家洗客袍 銀字笙調心字香 燒涴光容易 把人拋紅了櫻桃 綠了芭蕉

戊戌初夏於鄭州紙不留詩也 馮傑

在古典裡寶枝的紅和綠為拋也

一壺梅香到天明

醲肥辛甘非真味，真味祇是淡；神奇卓异非至人，至人只是常。语出菜根谭也。时在戊戌初秋风物上市。守郑冯杰

YIHU
MEIXIANG
DAO
TIANMING

一壶梅香
到天明

他年莫忘初心時

一壺梅香到天明

YIHU
MEIXIANG
DAO
TIANMING

青年時代有一年春節前單位發了一小盆水仙花我小心翼翼端回家放在母親的案毫上覺得那花現在還在開 庚子晚秋寫鄭 馮傑記憶

一如人飲水 庚子 馮傑

YIHU
MEIXIANG
DAO
TIANMING

一壺梅香
到天明

童年重器 鄉風傳家

人語樓草打兔子的工具就是此物,我童年時常定去樓邊此却一直沒有打過兔子,後見白石作此頗之生親切 丙申 滔傑

一壺梅香到天明

YIHU
MEIXIANG
DAO
TIANMING

一壶梅香
到天明

讀有趣書
生歡喜心
中原馮傑

一壺梅香
到天明

YIHU
MEIXIANG
DAO
TIANMING

YIHU
MEIXIANG
DAO
TIANMING

一壶梅香
到天明

素心已闲

我心闲如风中芋

壬寅初 冯杰

一壶梅香到天明

YIHU
MEIXIANG
DAO
TIANMING

一壶梅香
到天明

目录
CONTENTS

第一辑
尘世的温暖

003	闲，是在门里看见月亮
006	静
011	初之美
015	粉黛记
020	一起去看海吧
024	此生只向花低头
028	如秋在野
032	红了樱桃，绿了芭蕉
037	落花
039	尘世的温暖
043	水边书简
047	慢
052	纸上耳语
065	山水有相逢

目录 CONTENTS

第二辑 清水洗尘

073	今宵别梦寒
079	秋末晚菘
083	缥缈孤鸿影
090	在李庄的林徽因
098	清水洗尘
102	清水杨绛
106	画尘世大美,有情人间
	——读《子恺遗墨》
111	《诗经》里的婚礼
114	《诗经》里的鸡鸣
118	闲逸
122	真
126	编辑随感

目
CONTENTS
录

第三辑
以少为美

135	以少为美
139	冬月令
142	一壶梅香到天明
146	留白
150	蓝
154	孤独
161	姑苏风情画
165	心有静气，一生从容
171	不如和花缠绵
176	决不辜负春天

目录
CONTENTS

第四辑
人间知味

185	无用之美
190	画家的闲章
195	艾草青青
199	生命的故事
203	永不凋零的亲情
207	爱儿小札
214	如果有来生
219	人间知味
223	最美的青春，就让它停在原处
229	小名

第一辑
尘世的温暖

闲，是在门里看见月亮

"闲"字，古代人是怎样写的？繁体字其一写为"閒"，原来是在门里望见月亮。多美！让人想起有月亮的晚上，晚风清凉，秋虫唧唧，月光如水水如天，一位绮年玉貌的女孩倚在门前，抬起头见当空皓月。

古代的月亮，是最诗意的一枚。它被诗人别在衣襟上，被画家描绘在宣纸上，被女子纤纤玉手绣在素绢上。

闲，原来和月亮有着扯不断的情思。

作家董桥先生说："爱书爱纸的人等于迷恋天上的月亮。"原来，好文字就是天空的一轮满月。清代人张潮在《幽梦影》中言："少年读书如隙中窥月，中年读书如庭中望月，老年读书如台上玩月，皆以阅历之深浅为所得之深浅耳。"读书能达到这样的境界，也将人生活得清明而透彻。不同的人生阅历和磨砺，从书中领悟到的道理皆不同，它夜夜自天空洒下盈盈光芒，铺满尘世的每一个空间，滋养你我心灵的角落。

早春时节，柳丝如烟时，梅花还在枝头笑意盈盈。约三两知己，去江畔寻梅，水边品茗，那是偷得浮生半日闲。

"触目横斜千万朵，赏心只有三两枝"，一生有三两个赏心之人，知足了。桌上清茶几盏，手边有一本知堂先生的书。他写品茶的文字："喝茶当于瓦屋纸窗之下，清泉绿茶，用素雅的陶瓷茶具，约三两知己，得半日之闲，可抵十年的尘梦。"闲逸的文字里，有一颗散淡、从容、安静的心。

古人说，山水无常属，闲者是主人。是的，文章是案头之山水，山水是地上之文章。闲逸之心，在文章里就是格局和气象。闲，也是灵魂自由的呼吸，而写作，从来都是聆听心灵的呼吸。天下的好文章都自"闲"中得来。

闲逸之人，才会眼界开阔，胸中有山水，才有了一个飞翔的灵魂。忙碌的人生是飞不起来的。

"忙"字，作家蒋勋先生这样说："忙，即是心灵死亡。"

听他的解读，心头一紧。整日奔波在大都市里的人，见面说得最多的，就是一个字"忙"。忙得没有时间陪伴父母家人，没有时间外出旅游，没有时间静静读一本好书，没有闲情品一杯香茗。我们有多少个夜晚，不曾抬头看看天上一弯新月，有多少日子，没有细细聆听春之鸟鸣、夏之蝉声、秋之虫声、冬之雪声。

在地铁站，每天都看见步履匆匆的人群，疲惫的身影、攒眉苦脸的表情，仿佛红尘中一群群忙碌的蝼蚁。他们匆忙的身影里，怀揣着一颗焦灼浮躁的心。有人说，等我有钱了，也闲情逸致去。其实，闲逸之心只和灵魂有关，与金钱无关。

闲，原来是心灵的呼吸；忙，是心灵的死亡。

人有一颗闲逸之心，才有人生最美的画境。

繁忙的生活中，记得时常抬头望望天上的月亮。因为，望得见月亮的一双眼睛，才看得见世间一切的美好，看得见春水初生、草长莺飞、落英缤纷、云淡风轻……

静

暮春时节，一个人在徽州宏村的小巷里流连，几枝嫣红的蔷薇从一户人家的矮墙上探出头来，微风轻轻，落花细细。白发的婆婆坐在门前的木凳上绣花，有缠枝莲花，戏水鸳鸯，牡丹花开。她脚下卧着一只白猫，正在酣睡。小巷深处传来婉转的笛声，笛声绕着翩翩的落花、门前的老人和那只白猫。那一刻，光阴仿佛静止了。

静，是这般安然和美好。

深夜读唐诗。"长安一片月，万户捣衣声"，那是映在李白酒杯里的月亮，那是杜甫、王维的诗意长安。夜静了，八水环绕的古城长安就沉浸在如水的月色里。有人在水边浣洗，捣衣之声阵阵回荡在水面。万籁寂静的夜，捣衣声更显其沉静与幽深。

"鸟宿池中树,僧敲月下门。"仿佛听见贾岛随口吟诵的诗句。诗人骑着一头毛驴,行走在长安沉沉的夜色里。一只只小鸟在树上睡着了,僧人一下下轻轻地敲门,万籁俱寂,敲门声更显得夜深人静。唐诗里的静,不仅是万物的静,也是诗人灵魂的安静和悠然,不是吗?

寒冬里,在中国美术馆看"搜尽奇峰——20世纪中国山水画选展"。看画家吴昌硕的一幅画,画中是茅屋的一角,雪中几株傲雪的芭蕉,大面积的淡墨和留白,画出雪天迷蒙苍茫的景象,就是不见一个人,却有说不出的静谧,人站在画前,心一瞬间就安静下来。岁暮大雪天,压枝玉皑皑。被积雪压弯的芭蕉,似一个人,在寂静的大雪天,听雪落寒窗,也听茅屋中的人轻声吟诗……

画家笔下多是表达自己的心迹和人生,是内心的独白,也画出了传统文人白雪般高洁的灵魂。窗含西岭千秋雪,隔着百年的光阴,清寒、静寂的气息瞬间将心灵覆盖。

在博物馆看瓷器,一尊唐代素白的瓷瓶,通体白色,素洁干净,温润如玉。仿佛一位穿白衣的中年男子，满腹经纶，博古通今，但沉静寡言。人只有到了中年，才会向内求，放下那些炫目耀眼的光环，人生渐渐向回收拢了，经过生活熔炉的烧制、凝练，灵魂才有了安然和宁静。静默在光阴深处，不浮夸，不张扬，娴静少言，不慕荣利，把自己修炼成一尊瓷。

最美的爱情是沉静的。金岳霖先生是清华大学的逻辑学教授，他孑然一身，养着一只健硕漂亮的大公鸡，与他做伴，和他同桌吃饭。金岳霖对林徽因的才情谈吐极为欣赏。林徽因学的是建筑，但是她的散文、诗歌空灵洁净，清新脱俗，独一无二。他爱慕她，是她一生的挚友和知己。她一生的重大事件中，都会有他伟岸的身影。

有一日，金岳霖先生在饭店请客，众人来了就问，您因何事请客啊？他说，今天是林徽因的生日。此时，一代才女林徽因已经去世多年。听到这样的回答，内心无比的柔软和伤感，真是不言相思，却是无尽的相思。他一生的爱情是寂静的，静默无言，了无痕迹，也是天上人间。他不再需要向她表白，只要天地知道，光阴知道，她知道。内心充盈着爱情的人，让你感受到人世情缘的美好，爱的尊严、高贵和无私。那样的爱情执着而绵长，与光阴无关。

风和日丽的午后，和老师、朋友在江畔喝茶。草木葳蕤，江水微澜，白鹭蹁跹，还有几只在裸露的沙滩上悠闲地漫步。小桌，竹椅，淡茶几盏，有时谈天说地，有时不说什么也是好的。只是安静地对坐着，品茶宜对知己，心中之事，只说三分。

朋友拿出手机对着江水拍照，看着桌上我的按键手机，笑着说，你该换手机了。我说，我的手机只接电话和短信，不上网，不拍照，不发微信。拒绝现实的纷扰，做一个沉静的人，静静感受，写出温暖、洁净、朴素的文字，仿佛是写给远方朋友的书信。

作家亦舒说："做人凡事要静，静静地来，静静地去，静静地努力，静静地收获，切忌喧哗。"我以为，她讲的是写作时内心安静的状态。不圆滑世故，不随波逐流，不慕虚名，保持一颗沉静的心，才能听见自己心灵的呼吸。不是吗？写作，从来都是内心的呼吸。

写作者仿佛一位习武之人，比的是内功，而不是外力。内力到了，才有了静气和沉稳，好文字是四两拨千斤。写作时着急不得，欲速则不达，心若是慌了，文字的气息就断了。懂得拒绝喧哗和欲望的人，文字和人一样，会慢慢变得洁净和坚韧。

好的文字,清澈如童心。又似春水初生,不染纤尘,静水流深。

在喧嚣的尘世里,我学做一个有静气的人。渐渐放下年少时的虚荣和浮躁,不抱怨,不纠结,优雅从容,气定神闲,与生活、写作相濡以沫,握手言欢。这些于我,都是一种内在的修炼。

初之美

初,始也。裁者衣之始也。这是《说文解字》中的解释。

春光旖旎的清晨,金丝线似的阳光透过雕花的窗棂,洒在开满花朵的丝绸上,一位绮年玉貌的女子正拿起剪刀裁剪丝绸,撕裂丝绸的声音清脆悦耳。那一刻,我想起白居易的《琵琶行》:"曲终收拨当心画,四弦一声如裂帛。"

初,原来是一位美丽的女子拿起剪刀裁剪衣裳,那么优雅与静美。

翻阅丰子恺先生的画《生机》,一棵小草从破旧墙壁的缝隙里冒出头来,初生的小草刚刚长出两片嫩芽,翠色欲滴,生机勃勃,令人心生欢喜。

读木心先生的书,有一段话:"风雪夜,听我说书者五六人;阴雨,七八人;风和日丽,十人。我读,众人听,都高兴,别无他想。"这是木心先生在纽约讲学时的画面。真喜欢这几个字:别无他想。这是他讲学时的初心,那么纯净、简单、心无杂念。木心五年的讲学,是一场文学的远征,更是为了传播智慧与艺术之美。

木心说,艺术是最美的梦。是的,艺术和爱情在本质上大概是一样的,都是无中生有,虚无缥缈;也是陌上花开,天上流云。可是,依然带给我们灵魂的愉悦和宁静。

读木心,就想起孔子在《论语·先进》中与众位弟子谈及志向时,弟子曾点说他的志向是:"暮春者,春服既成,冠者五六人,童子六七人,浴乎沂,风乎舞雩,咏而归。"孔子喟然叹曰:"吾与点也。"

孔子是一位浪漫而永葆童真的诗人,他喜欢带着一群学生,在春日融融的水边沐浴、歌唱,心情愉悦如十里春风。孔子懂得欣赏春之美好,更懂得童子的心。原来,古人告诉你我,一个小生命最初的教育,不一定在教室里,而是徜徉山水之间,欣赏天地之大美。

世间美好相遇，皆在"如初见"之时。年少时读《红楼梦》，读到宝黛初相见，有动人心魄的美。一个是阆苑仙葩，一个是美玉无瑕。宝玉见了她，只呆呆地说："这个妹妹我见过。"那一刻初相遇，原来是溪水映桃花。那一刻初相遇，是"既见君子，云胡不喜"。人生若只如初见，就是生命春天的"惊蛰"，惊醒一对沉睡的心灵。

杏花春雨里，在苏州的平江路流连，遇见谢友苏先生的美术馆。走进门，就看见一幅画：杏花开了，穿长袍的父亲站在树下赏花，微风飘过，花儿闲闲自落。父亲伸手接着翩翩的落花，一双小儿女在树下玩耍，小男孩撩起衣襟去接风中飘落的花瓣，落花如雨。画中有诗，诗中有画，这幅画名《杏花雨》。这是一位怀揣诗情的父亲与孩子们一起赏花的情景。画上有诗："沾衣欲湿杏花雨，吹面不寒杨柳风。"落花细细，人影幽幽，初春的美好，都在一幅画里。一位儒雅父亲在他年轻时，陪幼年的孩子一起去赏花、踏青、听风，在孩子人生之初，是一件多么幸福的事。

初春新韭，是世间美味。清晨，去早市上转悠，我蹲在一位老人的担子前，选了一把鲜嫩的韭菜。中午给家人做了韭菜鸡蛋盒子，我的森儿咬了一口，一双眼眸笑成两弯月牙，他夸赞道："妈妈，真香啊，这是春天的味道！"那是祖母留下的滋味，是我生命之初品尝到的最美的味道，更是思念的味道。

初声之美。我的森儿五岁学背唐诗，阳光照在他穿着的红T恤上，他仰着头，一双大眼睛亮晶晶，摇头晃脑地大声背诵："春眠不觉晓，处处闻啼鸟。夜来风雨声，花落知多少。"清脆的童声似大珠小珠落玉盘。原来世间最美的声音，有春之鸟鸣，夏之蝉声，秋之虫声，冬之雪声，还有小童朗朗的读书声，那么清亮、洁净，宛如天籁。

早春时节，柳叶初生，樱花初盛，天地万物都在悄悄萌发。我总想起这个"初"字。初心不舍，天地皆有大美。

粉黛记

春天的平江路,是在"咿咿呀呀"的摇橹声中醒来的。

晨曦中独自漫步小巷,空气微醺,嫣红的海棠花开在粉墙边。静静的平江河上划来一只乌篷船,船篷是素静的蓝花布,几分清雅。穿蓝花布衫的女子撑着船,摇着橹,船上没有游人,船儿划过,水面泛起层层涟漪,像漂浮在水上的一个梦。

一丛丛洁白小花在水边摇曳,素洁干净,有贞静之美,像不施粉黛的少女。柳丝低垂着,如春天的窗帘,乌篷船就在帘中缓缓游过。

春分过了,连风也渐渐温润起来,小鸟静静地站在柳枝上,在风里鸣叫着。平江河缓缓流淌,八百年过去了,平江路上的人,走了一茬又一茬,画舫中看风景的人儿，换了一茬又一茬。

独自一个人闲逛，水边的小店正升起袅袅的炊烟，小店斑驳的木门开着，绿色的青团圆滚滚的，躺在蒸笼里。买一个豆沙馅的，咬一口，糯米与红豆混合淡淡青草的清香，仿佛将春天含在口中。

桂花赤豆糖粥，红豆的沙甜与小丸子的糯香让人迷恋，甜蜜的滋味宛如初恋。要一碗小馄饨，鸡汤浓郁，香气袭人。小馄饨泊在碗里，如一个一个小白鸽。在姑苏品味美食，常常想起陆文夫与汪曾祺两位先生笔下的一粥一饭、一菜一蔬，甚是亲切。

走进一条小巷，青砖的墙上有几个字：胡相思巷。"胡相思"，有意思。一个人思念另一个人，仿佛春风吹过，吹醒了墙边一丛蔷薇花。想起与他的初相见，那一瞬间，秋波流转，神魂摇曳。相思总是无言的，说给流水与落花，说给廊前的燕子，说给春风里的柳丝……

相思是一个人的沉溺，才下眉头，却上心头。相思，也是小巷里婉转的笛声，忽远忽近，笛声伴着落花，在风里痴痴缠绕。此时，光阴都是缓慢的，慢到用一生去思念一个人。

平江路有一家香馆，名"停云香"。停、云、香，诗意流淌，远在云端。香的味道宛如爱情的味道，停在云朵之上。走进香馆，香气袅袅，案上有书，墙上有画，静玉生香。文人墨客喜欢在此静坐闲谈。

不知不觉，走到谢友苏先生的美术馆前，古朴的木门刚刚打开。墙上都是谢友苏先生的画，白发的老人，花树下玩耍的孩子，河边钓鱼的男子，人约黄昏后的小情侣，弥漫着枕河人家的烟火气息，一幅幅都是姑苏风情画。

夜晚的平江路，灯影摇曳，烟波画船，游人不多。此刻的平江路，仿佛身着长衫的民国文人，沉静儒雅，目光悠远，不卑不亢，依然风骨犹存。

走进一家名为苏式书房的小店，清雅的书房，深色的木桌上有瓶，瓶中无花，插着几枝墨色的莲蓬。主人清瘦俊朗，戴一副眼镜，淡淡的笑意，招呼我慢慢看。见几张明信片，粉墙黛瓦的小屋，屋顶有燕，门前有河，河上有船。苏派生活的雅致与闲逸都在画里。我买了几张明信片，寄给远方的朋友，写下几行柳体小楷：不言说，但相思。

和友人去一家老茶馆，听一段苏州评弹或一段昆曲。

茶馆里三三两两的游人，桌上一杯碧螺春。台上女子穿着嫣红的衣衫，粉面桃花，满头朱翠摇曳。拉二胡的男子，穿一件长衫，俊朗儒雅。

听她婉转地唱，是《牡丹亭》里的《游园惊梦》。"原来是姹紫嫣红开遍，似这般都付与断井颓垣，良辰美景奈何天，赏心乐事谁家院。朝飞暮卷，云霞翠轩，雨丝风片，烟波画船，锦屏人忒看的这韶光贱。"台下人听得如醉如痴，不知今夕何夕。

记得《红楼梦》里，黛玉和宝玉在园里共读《西厢记》，忽听见墙外有丝竹之声，他们站定了细听，原来正是《游园惊梦》。黛玉听了许久，痴痴地说道："原来戏中都是好文章。"

小巷里的潘宅，开着一家书房，名"初见书房"，一栋苏式的老宅，古意幽幽的书房，木椅木桌，书香萦绕。园中有溪流潺潺，耳边有琵琶声声。初见，纸上相逢，自有一份欣喜与心动。

坐在雕花的木窗前品茶、听琴、读书，遇见作家车前子的散文集《苏州慢》，庭院流水，池中花开，此刻，慢慢品味姑苏之美，就在初见书房里。

我来姑苏，就喜欢住在平江路的小巷里，选一家古朴典雅的苏式民宿，细细感受姑苏人家的悠闲岁月。老宅的粉墙斑驳了，上面印着雨痕、竹影、树荫，宛如一幅水墨画。几枝常春藤沿着墙壁慢慢爬，绿荫满墙，成了吴冠中先生笔下的画卷。

园中墙角处有几株碧绿的芭蕉，蕉肥石瘦，黄昏落雨了，雨打芭蕉，听它早也潇潇，晚也潇潇。

静夜里，听雨滴敲着屋檐，敲着清幽的青石板路，也听细雨讲讲平江路明月前身，旧事流年。

一条平江路，半座姑苏城。八百年的平江路从未老去，她只是和落花流水在一起，和流逝的光阴在一起。

一起去看海吧

飞机像一只银色的大鸟,盘旋在大海的上空。从机舱的窗口向下张望,山峦安详,海水蔚蓝,波平如镜,大海是地球上的一滴眼泪吗?

小时候看电影《城南旧事》,听剧中的女孩英子语声朗朗:我们看海去,我们看海去……

沐浴在湿润洁净的空气中,你就置身热带雨林,椰树参天,花草如溪,有无尽的绿意和清凉。海南如中年的男子,似大海般开阔博大,沉稳宽容。

清晨早起,出了酒店,沿着一条小径去向海边,路旁横着苍苍的翠微。花草如溪,绿荫如盖,鸟儿在树林间唱歌。空气中弥漫着大海湿漉漉的味道。天不晴朗,看来今天看不到海上日出了。

海边静静停泊着一只木船。银沙如雪，脱了鞋子，人如同走在绵软的白雪上。我们成了年幼的孩子，踏浪而行。潮水漫上来，一浪一浪，海风吹起我们的长发。光着脚丫，低头捡贝壳，黑色的如墨玉，白色的如精灵，紫色的如玛瑙。它们是海的孩子吗？

人生最闲逸的事，莫过于听海上潮起潮落，看天空云卷云舒，内心一瞬间变得开阔纯净。走在海边，什么都可以不想。海水湛蓝，远山从容，慢慢走，等待自己的灵魂慢慢跟上来。

证严法师说：人心犹如一面镜子，照山是山，照水是水，因尘世懵懂、浮尘所染而面目全非。我说人心应该是一面大海，照月是月，照云是云，清水洗尘，海纳百川。

海滩上遇见一位渔家女，头戴斗笠，穿花布的衣裳，红黑的脸庞，她用闽南语唤我，带一个回去哦！她将海螺、海星这些形态各异的精灵摆放在塑料布上。我拿起一只鹦鹉螺，它分明就是一只斑斓的鹦鹉，低着头，将头埋在翅膀下酣睡。

海滨的酒店就是一幢幢风格奇特的别墅，有的是英格兰的木窗,有的是西班牙风格的屋顶,荷兰的大风车在风中不停地转动。别墅旁依着参天的椰林,高高的凤凰木开满云霞一样的花朵,热烈得如同爱情一般。一丛丛嫣红的蔷薇从楼上的窗户探下身姿,木槿花倚在铁栏杆上,不知名的花儿像是一群群曼妙的女孩,风姿摇曳,临水照影。

傍晚的海湾安然寂静,黎族女孩在水边唱歌:阿哥阿妹情意长,好像那流水日夜响……

世间最美的爱情是什么?杜拉斯说,爱情像大海一样没有形状。在荒凉的尘世间,唯有真爱能温暖你我吧。

面朝大海,我一遍遍听张雨生的歌《大海》。那位英年早逝的歌者,有大海一般宽阔的音域,只有他将那首《大海》唱得荡气回肠,唯有他玻璃一般明亮的声音,刺痛灵魂。"如果大海能够带走我的哀愁,就像带走每条河流,所有受过的伤,所有流过的泪,我的爱,请全部带走。"

梦入江南云海路,行尽天涯,不与知音遇。

若爱一个人,和她一起去看海吧,看海蔚蓝,看山如黛,看浪如雪。我们用漫长一生等待的,无非是一个和你一起看海的人。

此生只向花低头

早春时节,江畔的梅花开了,黄的腊梅,艳的红梅,有寒香盈袖。午后,天空落了小雪,空气清洌如甘泉。雪中的梅花就格外好看,仿佛穿着红衣的素颜女子立在雪中,贞静、端正、高洁,有风骨。

江畔的梅花还没有谢,就已经到了立春。江边的垂柳最早听到了春的消息。柳枝上立着一排排鹅黄的柳芽,圆圆的小绿豆一般,仿佛一群胖乎乎的小娃娃,排着队,小手拉着小手,站在枝头。不几天,圆圆的小绿豆就伸直了腰身,小小的柳芽都萌发了。这时候,远远望去,江畔笼罩在一片鹅黄色的柳烟里了,你忽然就明白一个词"柳丝如烟"。

微风吹在脸上,少了几分寒意,柳丝在春风里恣意飞舞,就想起吴冠中先生的一幅画《春如线》。千丝万缕的线条铺满画面,如急雨,如彩绸,如春风,真是剪不断、理还乱。再点染几滴桃红、几丝柳绿，春的气息扑面而来，无数线条，不就是"万条垂下绿丝绦"吗？画家用抽象的线条表现柳枝和春风，多么奇妙的构思啊。

春风一吹，把花儿都唤醒了。节气和植物，仿佛一对恋人，配合得无比默契，丝丝入扣。

粉红的桃花，像是乡间要盛装出嫁的新娘，她脸上的烟霞比桃花还要艳丽。《诗经》中言："桃之夭夭，灼灼其华，之子于归，宜其室家。"在桃花盛开的季节，美丽的女子要嫁去夫家，与他牵手一生，和和美美地过日子。

雪白的梨花立在白墙黛瓦的屋前，我和妹妹在树下玩耍，一阵微风吹过，花瓣落了我们满身。妹妹伸着小手去接花瓣，还笑眯眯地问我："姐，梨花像不像雪花啊？"那时，站在花树下的我们不知道各自的命运，一转身，花丛中的我们，都不见了。

春天里，我去湘西凤凰看望沈从文先生。清清的沱江边开满雪白的七里香，朵朵素净，清芬暗盈。我采了一束七里香敬献在沈从文先生的墓前。我记得沈先生说:"我学会思索,认识美,理解人生,水对我有极大的关系。"其实,沈先生,是您教会我认识美,理解人生。是您的文字,牵引我走进文学的青草地,我闻见了花香,听见了鸟鸣,看见了碧水连天。

江水清澈见底,湘女的歌声燕子般徘徊在水面,坐在水边的大青石上,读您写给兆和女士的书信:"三三,你若坐过一次这样的船,文章一定写得更好了。""三三,我回来时,我不会使你生气面壁了。我在船上学会了反省,认清楚了自己种种的错处。只有你,方那么懂我,并且原谅我。"春水初生时,我读到尘世最美的情书。茫茫人海能遇见相互懂得的人,是上苍的恩赐。他的一个眼神,一声叹息,一个微笑,她全然懂得。她欣赏他的才华,懂得他的善良、倔强、痛苦,从而怜惜他,敬重他,疼爱他,肝胆相照,情意绵绵。在七里香开满江畔的春天,我看见在水边漫步的他们。

《红楼梦》中写芒种这一天,大观园里的女孩们忙着送花神。其实,在江南水乡,至今还保留着送花神的习俗。芒种过后,春天就结束了,花儿慢慢凋谢,夏季将要来临。这一天,是大观园里闺中少女一大盛事,所有女孩都打扮得花团锦簇,好像要和花儿比美一般。她们将各种缤纷的彩线和丝带绑在树的花枝上。书中写道:"满园里绣带飘摇,花枝招展。更兼这些人打扮得桃羞杏让,燕妒莺惭,一时也道不尽。"送花神,是东方文化里一种典雅、唯美的情怀。送别春天,也是少女们在惜别自己短暂的青春。

我们看得见繁花盛开、莺歌燕舞,也看得见花谢花飞、百花零落,这是一瓣绚丽的生死美学。人间一季春色,又似一个人的一生。

静夜里,翻阅老树的画集——《花乱开》,"乱"字多有趣,仿佛看见人家围墙里伸出的一枝山桃花,疏淡有致,清香盈盈。乱,不限制,不刻意,无规矩,闲逸散淡。法无定法,不束缚画家的灵魂,也是艺术创作的最好境界。

老树的另一幅画中,一个穿长衫的人,独自立在花前,背着手,低下头,轻轻嗅着花儿的芬芳,花气袭人知骤暖,令人陶醉。画旁有诗:"名利来了总还去,此生只向花低头。"说得真好,如此傲气和高贵。其实,我也是那个画中人,此生只向花低头,只向世间一切美好的生命低头。

如秋在野

霜降过后,一个人闲了去公园走走,湖边的枫树都红了,似着了火。水边的芦花洁白如雪,红枫与芦花的倒影映在水中,白雪红颜,云影天光,分外美。水中有成群的红鲤鱼游来游去,草丛里远近都有虫鸣。虫鸣唧唧,秋阳流水。

秋深,携一本蒋勋先生的书《池上日记》,坐在湖边木椅上读。路旁的银杏树的叶子黄了,在秋风里落了一地,草丛里就铺满了金黄的小扇子。这本书是蒋勋先生在乡间池上闲居的见闻。他写稻田:"收割后田里只剩下一列一列整齐的稻梗,水光在清晨日出前洁净明亮。"也写山区的草木:"高耸的水杉林,空海御影堂仿佛空无一物,一地重重叠叠的落叶,下山那天,天空飘起了细雪。"干净简洁的文字,都是对自然的脉脉深情。行走草木间,山水自然,才是永远读不完的诗句。

天空湛蓝，枫林如画，人走在枫林中，我仿佛就成了画家李可染画中的孩子。李可染先生有一幅画，秋风飒飒，红叶翩翩，一个小牧童背着一顶草帽，骑在牛背上，从秋天的红叶林中走过。牛是黑色，叶是红色，色彩简洁明快。牧童正仰着头看着红叶，乐呵呵的，咧着嘴笑了，悠哉悠哉。画名曰《秋风吹下红雨来》，意境优美，秋天气息扑面而来。

李可染一生喜欢画牛，黄牛、水牛神态各异，惟妙惟肖，他有一枚印章——孺子牛。他一生默默在砚田耕耘，也成为画坛的"孺子牛"。

喜欢作家王祥夫的画。深秋时节满塘的荷花都谢了，只留下的几根枯枝，三三两两立着，枯枝上余下一枝墨色的莲蓬，黄色的蜂儿飞来了。画上题诗：繁华落尽始君来。

静夜里在灯下翻翻白石老人的画，只觉秋意满怀。我喜爱他笔下秋天的白菜，春初新韭，秋末晚崧。"崧"就是大白菜。画里的白菜，水色与墨色相伴，一清二白，水灵灵的。竹篮里躺着几个柿子，皆是胖墩墩的，或红或青，柿子的蒂黝黑黝黑的，透着寻常生活的喜气与安稳。白菜上立一只青色小虫,细看原来是一只小蚂蚱,传神入微,生动鲜活,小虫子的触角似乎颤抖着,仿佛你还能听见虫子的鸣叫声。凡声皆宜远听,唯听虫声远近皆宜。

白石老人花鸟鱼虫兼工带写,尤其是工虫之细致绝妙,至今无人能及。画上题四个字:世世清白。人活在尘世,该有一个清白人生。

一位画家来请教齐白石,说:"我画了很久,为什么总是画不好白菜呢?"老人抬眼打量着他,笑着说:"你身上无蔬笋气,当然画不好。"蔬笋气,何尝不是一个人的清气与静气。常常漫步山野林间,人也就多一分植物的清气,少了几分人间的浊气。

在喧闹的早市里,见一位老人推着一车黄澄澄的橘子叫卖。想起王羲之《奉橘帖》:"奉橘三百枚,霜未降,未可多得。"这是王羲之写给朋友的信笺。短短十二字,洒脱随性,清雅秀逸,如同我们今天手机里的微信留言。他说,橘子熟了,送给你先尝尝。其实,不可多得的,不只是三百枚黄澄澄的橘子,还有友人之间美好的情意。我自《奉橘帖》中,读到了秋意和深情。

金陵画家张震老师有一幅画，一树黄叶飘零，树下落叶满地，画中人站在树下，手里执一把扫帚，脸上一派悠然自得的神情，画上题诗：人生难得听秋声。秋天里，我总喜欢一次次端详这幅画，秋意满怀。

天地有大美而不言。静一分，慧一分；忙一分，惯一分。人生如四季，急什么，忙什么，慢慢走，欣赏啊！

红了樱桃，绿了芭蕉

昨夜落了大雨，晨起，空气清凉，树丛中传来几声鸟鸣。去早市闲逛，买了几斤樱桃和毛豆角。心中默念着："流光容易把人抛，红了樱桃，绿了芭蕉。"蒋捷的这首词，红与绿是点睛之笔。时光是一位神奇的魔术师，樱桃一点点红了，芭蕉层层转深碧。一转眼，到了盛夏时节。

在早市遇见一个女孩卖荷花，一桶清水中养着许多荷花与莲蓬。我将一捧荷花和翠绿的莲蓬抱在怀里，无限荷香染暑衣。买回家的荷花、莲蓬养在瓶中，于是，我便有一塘荷香。

一瓶荷花放在书桌上，眼前有花香，窗下有清风。在花香里读书、写作，是多么优雅美好的事情。

荷花几朵粉红，几朵洁白，忽然想起《浮生六记》

中，芸娘以荷花为茶酿香的事："夏月，荷花初开，晚含而晓放。芸用小纱囊撮茶叶少许，置花心，明早取出，烹天泉水泡之，香韵尤绝。"荷花盛开的时节，待夕阳西下，荷花还未合起花瓣，芸娘用纱囊包好茶叶，放在荷花的花蕊中。夏夜，荷花合拢花瓣，等第二天晨曦中荷花盛开时再取出纱囊，茶吸收了荷花的清香与晨露，取清泉水泡茶，茶香与花香盈盈缠绕，其中茶韵与佳趣真是妙不可言。芸娘真是有着生活情趣的妙人。难怪林语堂说，芸娘是中国文学史上最可爱的女人。

将一袋毛豆一颗颗剥出来，盛在素净的白瓷盘中，一碗青碧，清清白白，宛如一个人的青春。

想起《红楼梦》中宝玉居住的怡红院，匾额题四个字：怡红快绿。红与绿是青春少年值得拥有的颜色。他即使生病了，点了菜也是小莲蓬和荷叶，当然仿制的，取翠荷鲜碧的好颜色。

《红楼梦》中最后一场，大雪弥漫，天地间一片白茫茫，只见宝玉穿着那件猩红斗篷，独自在茫茫大雪地里，一个人渐行渐远。

画家亚明喜欢画芭蕉和樱桃，墨色芭蕉叶铺满画满，感觉清风徐来。芭蕉叶下，一个素净的白瓷盘里盛满红玉似的樱桃，画上题诗："流光容易把人抛，红了樱桃，绿了芭蕉。"画中是樱桃与芭蕉，画外却是如水而逝的韶华与光阴。

听日本作家松尾芭蕉的名字，便知晓他是喜欢芭蕉之人，他在《移芭蕉辞》里写道："风吹叶摆，如凤凰摇尾，雨穿叶破，似青龙之耳。"

在苏州藕园里，几株芭蕉立在粉墙下，从花窗望去，芭蕉皆可入画。有一副对联：卧石听涛满衫秋色，开门看雨一片蕉声。

午后如落了细雨，听雨打芭蕉，早也潇潇，晚也潇潇，多了几分诗情。

记得儿子小时候第一次看见樱桃，小手指捏起盘中一颗樱桃，白胖胖的圆脸与红艳艳的樱桃相称着，分外美好。

大暑时节，八个月大的儿子刚刚洗完澡，穿着一件肚兜，红色的丝绸上绣着碧绿的芭蕉，盛开的荷花，还有一对黄色的小鸭在水中嬉戏。他坐在床上，如同杨柳青年画里的小娃儿。他穿的肚兜，我小时候曾经穿过，那是姨妈为我绣的肚兜，母亲从衣柜里取出来给儿子穿上。姨妈年轻时聪慧过人，心灵手巧，擅长女红。那件小肚兜上的芭蕉、荷花、小鸭，色彩明丽，栩栩如生，一针一线，皆是深情。

八个月的小宝宝穿着红肚兜，白嫩的小手指捏着一颗红樱桃，歪着大脑袋看了又看，这是他人生第一次看见樱桃，分外惊奇，黑水晶似的眼眸盯着樱桃，就是不敢吃，看着大人们吃樱桃，口水却忍不住流出来——母亲看着坐在床上的白胖小娃儿，满眼都是笑意。那一年，母亲刚刚从教师岗位退休。

一转眼，那个吃樱桃的小娃儿长成翩翩少年，他回长安城就读研究生，我的母亲，已故去一年多了。

绣肚兜的姨妈在89岁时仙逝。她暮年时慈眉善目，清贵端然。她喜欢穿大红的衣裳，梳着一头银发。她常常细眉细眼地笑，如一尊佛。

我珍藏起那件我和儿子在婴儿时期都穿过的小肚兜。

不思量，自难忘。我远去的亲人，如今远隔着碧海云天。我不是时时刻刻想起他们，但是，从来一刻也不曾忘记。有些爱，一生永远藏在心灵柔软的角落，与血脉相连。

哎，红了樱桃，绿了芭蕉。

落 花

我去医院看望一位 75 岁的老阿姨,她刚做了胆结石切除手术。

她住在 8 楼的肝胆外科。早晨,她听说 90 岁的老伴不见了,心里一着急,血压就升高了。于是,全家人集体出动去寻找失踪的老人,后来,家人在医院的大厅里找到了他。

老人坐在医院的大厅的椅子上正在打盹,怀里抱着一个保温桶,那是给老伴送的一罐鸡汤。

老人说,他在医院转了好几圈,就是没有找到老伴住的病房。而且他听力不好,向医院的工作人员打听了好几次,自己也听不清楚。打扫卫生的保洁员说,老人清晨就来了,在这里一坐就是 4 个小时,而且,还坐在椅子上睡了一觉。

那一罐鸡汤早就凉了，而我的心里，竟然一瞬间涨满温柔的潮水。

张爱玲说，"执子之手，与子偕老"，是最悲哀不过的诗句。我说，"执子之手，与子偕老"，是世间最温情而美好的画面。

我看见一位近百岁的老人，抱着一罐汤，坐在医院大厅里，等着相携一生的老伴来喝。时间的白雪落满他的发间，老人安详地坐在光阴的深处，如同一尊时光的雕塑。

其实，幸福，不过是一罐平凡而美味的鸡汤。

尘世的温暖

一

晨曦初露时,我在街上买了那位小姑娘的栀子花。洁白的花瓣还沾着露珠,如同穿着白衣绿裙的女孩,散发着少女洁净的芬芳。我捧回它,将它养在盛满水的透亮的瓶中。

暗香盈盈,我坐在窗前翻开书的扉页,读到许广平在萧红去世之后写的一篇纪念文章。

萧红的文字清冽如呼兰河的水,寒冷中带着一丝丝暖意。看似淡然忧伤的文字,却充盈着勃勃生机。她似乎不是在用笔写作,而是用血液和着泪水,来直白地写着牛车上的中国,她的文字更涌动着底层人们的生命力和对苦难顽强的抗争。

许广平写给她的文字,虽然是讲她们之间的一段友情,很是含蓄而委婉,但今天读来,却依然如鲠在喉。她写道,萧红特别喜欢去她的家,来了,她就只好陪着,一坐大半天。一次,她陪着萧红聊天,鲁迅先生在楼上看书睡着了,毯子滑落在地上,而后大病了一场……

萧红若能听见这样的话,那双黑亮亮的眼睛一定睁得大大的,不知道内心充满怎样的无奈和尴尬。在许多纪念鲁迅先生的文字中,我以为,萧红的文字最深情感人,甚至超过鲁迅先生的妻子许广平。我想,这与她的才华无关,也许,是她更懂得和理解鲁迅先生。

其实,她只是一个孤苦无依的孩子,她只是一个没有家、没有温暖的女子。她向着鲁迅先生一家,要一点点尘世的温暖。

二

那一年,19岁的美丽女孩克洛岱尔遇见了雕塑家罗丹。

两个有着非凡才华的人注定要遭遇一段传奇的爱情。不知是爱情成全了艺术,还是艺术成全了爱情。这对恋人在相遇后的十年中，创作出一串串艺术殿堂里璀璨的星辰。比如，罗丹的《思想者》《吻》《亚当》《夏娃》，克洛岱尔的《罗丹像》……

然而，在流光飞舞中，先是爱情幻灭了。有着伴侣和孩子的罗丹一直和克洛岱尔保持着见不得阳光的爱情。在现实生活中，这样的爱情，只是沙漠中的海市蜃楼，泊在水中无根的浮萍，它随波逐流，没有生命。世上哪个女子不想要张爱玲所说的，"现世安稳，岁月静好"的爱情。

清醒之后的克洛岱尔决然离开了罗丹，全力倾心于她的雕塑创作中。雕塑就是她生命全部的支撑。但是，人们只当她是罗丹的学生与情人，她的成就永远笼罩在罗丹的阴影之下。其实，她从来都是一棵树，而不是一根紫荆藤，依靠他人的力量延伸自己。独立自我的她以为在艺术面前，只有灵感和才华，没有性别。她以为在艺术面前一切都是平等的。

可是，这位生活在100年前的女子，不知道当时的社会有多少属于女性言语与思想的空间。给她最致命伤害的，就是罗丹对她的作品的无情抨击。40岁以后的克洛岱尔精神失常了，此后的几十年里，她一直待在精神病院里,直到去世。

也许,对于克洛岱尔来说,遭遇罗丹,幸与不幸,都是命中注定。

才华有时是一把利剑,有的人用它将人生雕刻得玲珑而丰满,有的人却用它将自己的人生切割得鲜血淋淋。

我在温暖的阳光和幽然花香中伸出手去,触摸到的是刺骨的冰冷。

有一种爱,只要沉醉,不要清醒。

有一种人,像夜空中的烟花,只是为了片刻的温暖,尽情地燃烧自己。那短短的璀璨的一瞬间,其实就是她整整的一生。

水边书简

细雨如丝的日子,我于水边重读你的几百首诗歌。我仿佛重新面对你,重新认识你一样。那些诗歌像黑夜的星辰一样明亮和璀璨,它有着照彻黑暗的光亮。在人的心灵已经结成厚茧的世界里,读你的诗歌,让我又一次擦亮了灵魂。

你是一个从不设防的人,尤其在写诗的时候,你是敢将灵魂剖开示人的。读着诗歌,我看到你生命中深深的伤口和划痕,我感到生命的疼痛、幸福、寒气和温暖。我说,你像一个老农一样精心侍弄着满园的果树,我将你的诗歌比作树上的一枚枚饱满的果实,或香甜爽口,或苦涩难耐。我于你的果园品尝到你用心血浇灌的果实,因为那些都是生活赐予你的果实,苦难或是幸福。细细地品尝后,我说,你种的果子好吃。

我说你有两双眼睛,一双眼睛在生活,另一双眼睛在寻觅和思考。一双眼睛沉浸在现实之中,另一双眼睛则和现实保持着距离。你说,你只是在"干燥"的生活中寻找一点"湿意"。

院子里的广玉兰树开花了,宽大的碧绿的树叶衬着朵朵冰清玉洁的花朵。那是我无数次和你提起的广玉兰花。那日,小小的森儿在树下玩,他捡回一朵含苞的花蕾,硕大的花蕾在他小手中像一只洁白的鸽子。他睁着亮晶晶的眼睛,认真地说:"妈妈,今天是母亲节,我把这个'花宝宝'送给你,祝妈妈节日快乐!"这是我做母亲以来收到的唯一的,也是最浪漫、最独特的礼物。我将他揽入怀中,那一刻,幸福的泪水汇成河流。我低下头轻轻嗅着花的清香,淡淡的芳香像我们的情谊一样让我沉醉,让我的心那么柔软而温暖。

黄昏,我常常在江边漫步,江水像碧绿的绸缎一样柔软光滑,雨丝轻轻落下来,江上慢慢笼起青纱一样的薄雾,我深深陷入茫茫的迷雾中不能自拔,不能解脱,不能释然。我怀揣着尘世的烦恼、忧伤、痛苦和迷茫,我将内心的伤痛与忧愁说给江上的白鹭,说给江中的点点渔火,说给水边的依依杨柳,他们不懂,他们默默不语。佛家讲,过于执着的人最容易迷失心性。可是,你知道,心明如水的人也是执迷不悟的。我在水边读林徽因的诗句："生命早已描定她的样式,太薄弱,是人们美丽的想象。除非在梦里有一天,我和你,同来攀那根希望的弦。"我触摸到这位才情横溢且智慧女子的内心,她生命的无奈和迷茫,惆怅与忧伤。

我知道,我必须放下生命的无奈与悲凉。我放下对这个世界无休止的奢求和渴望,不再惧怕生命给予我的一切疼痛,我愿意接受上苍赐予我的一切安排。

我对你说,我将生活中的疼痛藏起来,像江南的人家深藏一坛女儿红酒,在岁月的河流中,让她馥郁而芬芳。我将生命给我的伤感和真爱埋藏在时光深处,让她成河、成湖、成海。

如果生命就像我身旁的这条清澈的河流,即使遇到险滩、暗礁,她也一路滚滚而下,从没有任何东西阻止她的流淌。也许多年之后,所有的悲伤和痛苦,隔着岁月清澈的江水,再回首,竟然品味出一丝淡淡的忧伤。

你说,我是你今生的知己和挚友。我说,即使在沉沉的黑夜里,我们都能看见彼此的眼睛。我知道,在冰冷的冬夜里,有你在我心中,像炉火一样,温暖我生命的寒冬。

我不知道，我为什么如此迷恋这条清澈的河流，我对她像怀着对于母亲一样的眷恋。这里不是我的故乡，可是，我在她的身旁生活了多年，我常常在水边写作，在水边给你和我的其他朋友写信，我习惯了信的落款都是"于江水之畔"。我知道，她是我的生命之河，她充盈着我的生命，包裹着我的疼痛和欣喜，我的幸福与忧伤，永远给我以温暖和抚慰。

如果你来，便乘一叶小舟，于月圆的夜晚顺流而下，月光如水，晚风清凉。我在水边等你，等你一起赏月、吟诗、品茶、听风。

慢

在苏州的山塘街,我遇见一位卖茉莉花的老婆婆。她坐在街角的小木凳上,身旁放着小竹篮,竹篮里盛满洁白的茉莉花。她低着花白的头,苍老干枯的手指轻轻捻起那些小茉莉。雪白的茉莉,淡然、羞涩、洁净,如待字闺中的少女。她将一根细铁丝从花蒂中穿过,不一会儿,一串茉莉花就穿好了。她缓慢的举止,满头的银发,慈祥的模样,那么像我的祖母。我蹲在她身旁静静看着,茉莉如一群身着白衣的小姑娘排着队,手牵手站在一起。我买了几串茉莉花,戴在手腕上,清芬袅袅,有暗香盈袖。

慢,原来这样娴雅和静好。

遥远时代的爱情,同样是缓慢的。

读木心的:从前的日色变得慢,车、马、邮件都慢,一生只够爱一个人。

那时的爱情如黎明的薄雾一样美。云中锦书,枝上花笺,水中鱼笺,都是特指书信的。俩人早已心心相印了,都不急着说破。他寄给她一封书信,她等了很久才收到,也不舍得立刻打开,悄悄放在枕边,等到静夜里展开了细读。如水的月光落在信笺上,如白雪落梅花,暗香盈盈。他绵密的心思,柔肠百折,无尽的相思,此刻,都由一支笔替他说了。好文字都是直见性命的,世间再没有比情书更美好的文字了。不是吗?两颗心为爱所牵,为爱陶醉。

那时的相思也是缓慢的,如同深夜的炉火上熬着的一炉中药,慢慢地煎熬,风中弥漫着中药苦涩的味道,还有一丝淡淡的甜,那是思念的味道。

慢,是在苏州留园里听苏州评弹。小桥流水,水榭亭台,也只有在古老的姑苏,才滋生出人世间最美的声音。吴侬软语,那么柔软、湿润、惆怅,无尽的缠绵,浓郁得化不开的情思,细听原来是一曲《梁祝》。台上一袭长衫的翩翩男子,是从周瘦鹃笔下走出来的吗?穿桃红色旗袍的女子,仿佛一朵嫣然的蔷薇,她唱着:同窗共读三长载,你和我促膝并肩两情深似海,你我在人间不能成婚配，身化彩蝶花丛翩翩双飞，天长地久不分开……

此时，光阴也是迟缓的，缓慢到用一个下午，品味古老爱情的百转千回，万种柔情，内心无比的柔软、伤感。一对恋人，情投意合，生死相许。她活了那么多年，原来只为了和他相遇。

老师说，读大家的文字，觉得他的心就是一把紫砂壶，不论怎样平凡的琐事，装在这个紫砂壶里，倒出来的"茶"都是有茶香的。是啊，好文字当然是有香味的。

读王世襄先生的《京华忆往》，他是京城第一大杂家。有人曾说，中国一个世纪可以出一个钱钟书，可是几个世纪也难出一个王世襄。他不仅写明式家具、器物文玩，也写百灵鸟的鸣叫、蝈蝈的歌唱、铜炉的妙趣，处处以小见大，童心盎然，妙趣横生。

王世襄年轻时曾就读燕京大学。一日，邓文如先生正在课堂上讲《中国通史》，王世襄怀中的蝈蝈忽然开始唱歌，邓先生训斥道："你给我出去！是听我讲课，还是听你的蝈蝈叫！"众人哗然。人常说，玩物丧志，可他却是"玩物成家"。他还说:"一个人连玩都玩不好,还可能把工作做好吗?"

闲了,慢慢品味他的文章,恬静美好,一派天趣。世间万物在他的笔下,皆具性情,那是闲情逸致,淡定从容,也是生之趣味。人世细小的喜悦和乐趣,都在他的文字里。我随着他一支妙笔,回到纯真嬉戏的童年,回到故园,回到生命的根。

恍然明白,好文字正是这样慢慢写出来的,从容不迫,雅洁美好,写尽生命的幽微,月白风清。

慢也是情趣。落雪之夜,围一炉红泥小火,读一本旧书,品一杯香茗。张潮说,春听鸟鸣,夏听蝉声,秋听虫声,冬听雪声。世间所有美好的声音,几乎都被他写尽了。是啊,我们有多少个秋冬,没有听见虫鸣与雪声了?落雪之夜,时光是缓慢的,用一个冬夜听雪,读书,想念一位故人。

在江南采莲的季节,我去杭州的虎跑寺看望弘一法师李叔同,他39岁时在这里出家。纪念馆的陈列柜里,摆放着他和学生丰子恺共同创作的《护生画集》。丰子恺一生敬重李叔同,深受他的影响,文字和画里,满是禅意、悲悯，饱含大爱。丰子恺为了报答师恩，开始了《护生画集》的创作，他画，弘一法师写。弘一法师62岁仙逝，留下他一个人继续画。在"文革"中，丰子恺被批斗、游街、关牛棚，受尽屈辱和折磨的他，依然没有放下手中的画笔。他为创作六集的《护生画集》花了46年的时光，一直到他生命的尽头。

师生情谊，如清风明月，山高水长。丰子恺用这样的方式，坚守一份师生的约定，也用漫长的一生，去怀念一个人。情深义重，千古情怀。

那个时代的人，生活节奏缓慢，步履从容，心境澄明。也只有气定神闲、内心宁静的人，才能听见自己灵魂的呼吸。

生活中不能没有风雅，世间一切的优雅、情趣，都自"慢"中得来。

大凡美好而令人珍视的事，都需要慢慢等待，慢慢欣赏的。比如：好书，好物，好人……

纸上耳语

花　开

日暮,向晚。

大街上人流熙熙攘攘,走累了,在星巴克买了一杯卡布奇诺,临窗坐下。

三四岁的小女孩,在窗外站着。水晶般的眼眸静静望着我,一头微黄的短发,她用洁白纤细的小手轻轻敲着玻璃窗,吸引我看她。

她向我笑了,如一朵洁白的莲花盛开。

我报之以微笑。

年纪渐长,越发喜欢纯净的人与物,懂得珍惜尘世一瞬间的美。

比如，在纸上写真意，看一朵荷花开。

有乐曲响起，是李叔同的《送别》，手风琴伴奏，女孩的童声清澈如水。我仿佛站在故乡的白鹿原上，夕阳的余晖染红了天际，我看见一对友人在依依惜别。

咸阳古道音尘绝。音尘绝，西风残照，汉家陵阙。

秋　水

深秋时节在武汉的长江之畔，夕阳西下，秋水长天。

伫立江边，抬头仰望着它，这座建于 20 世纪 50 年代的大桥，如今 70 年过去了，大桥依然巍然屹立，巨龙一般横跨长江之上。大桥分为上下两层，下层行火车，上层行汽车。

江畔停着几艘渡轮，背着行李，行色匆匆的人们沿着石阶而下，登上渡轮。在码头、渡轮、车站，总会想起一些词：漂泊、命运、离别、相聚。

此刻，我想起一个人，内心莫名的怅然。

身怀六甲的作家萧红,在武汉某码头登船,准备一个人去重庆。手里提着大包的行李,身体笨重的她重重摔了一跤,随即晕了过去。她昏睡了很久,醒来后,发现自己还躺在甲板上,那一刻,已是月上中天,寒星满天。这个片段,出自许鞍华的电影《黄金时代》。

尘世间,总有那些才情非凡的女子,一生历经坎坷,颠沛流离,漂泊在命运的河流之上。

人生是什么?不过是大雾里行走,天地间混沌一片,看不见道路,深一脚浅一脚地走下去,遇见什么就是什么吧。

孤帆远影碧空尽,唯见长江天际流。

京都的柴扉

深秋的日本京都,有着一丝凉意。

京都城的街巷,是依照唐代的长安城建造的。漫步小巷,一家一户,没有装潢华丽的门厅,看不见钢铁制成的防盗门,大多是木门或竹门。原色的木门在光阴里日渐斑驳,门前有几盆嫣红的小花在风里摇曳,或依着粉墙种几棵秀竹，几棵松柏也修剪得错落有致，宛如盆景。

傍晚，小巷的居酒屋亮着昏黄的灯光，三三两两的男子提着公文包，穿深色的西装在小屋里喝酒谈天。头发灰白的中年男子，眼神柔和干净，身材挺拔，穿黑色的大衣，配一条黑红相间的格子围巾，分外有气质。其实，一个人到了人生的秋天，比青春少年更耐看。

晨起，走过几条幽静的小巷，就找到了柊家旅馆。一家木质结构的园林式建筑，大门也是木质的，朴素雅洁，保留了江户时期的建筑风格。

作家川端康成和三岛由纪夫都喜欢来柊家休息与写作，给自己的心灵短暂的小憩。连音乐人约翰·列侬来京都，也会在柊家小住几日。柊家旅馆因为这些名人声名鹊起，世界各国的艺术家来京都都要看看这家旅馆。

"京都，一个细雨的下午，我坐在窗畔，看着雨丝丝落下，时间仿佛静止。就是在这里，我清醒地意识到，宁静这种感觉，只属于古老的日本。"半个世纪前的川端康成，在京都微雨的午后，写下这段文字。

没想到，柊家旅馆的对面就是著名的俵屋，也是京都三大御所之一。

寂静的清晨，深秋的风有一点清冷，我们走过一家家木栅栏门，不由得想起"小扣柴扉久不开"，仿佛遇见了唐诗宋词里的柴扉。

门前是青石板铺就的小巷，小巷空寂无人。

在奈良

春者，天之本怀。秋者，天之别调。秋天的奈良公园枫叶红了，色彩斑斓，一群群鹿在树下悠闲地散步。小鹿忽闪着长长的睫毛，温柔又可爱，让人内心柔软。

公园散养的鹿群，一点也不怕人。游人买了鹿仙贝来喂食，鹿群们蜂拥而至。没吃到仙贝的小鹿好像生气了，伸长脖子，用犄角去顶撞游人，神情像个贪吃的孩子。

霞手中提着纸袋，装着几盒刚买的点心。一不留神，就被小鹿咬破了袋子，小鹿一定好奇她手中的袋子里装了什么美食。

如果喜欢旅行，可以每走一地，盖一个邮戳，代表着不一样的地域风情。奈良的邮戳最美，那是一只小鹿站在东大寺前，回过头微笑着。

东大寺就在奈良公园里，又被称为大华严寺，由信奉佛教的圣武天皇建立。东大寺的大佛殿为日本现存最大的木结构建筑，气势宏伟，庄严肃穆，距今约有1200年的历史，被列为世界文化遗产。我国唐代高僧鉴真和尚曾在这里设坛受戒，弘扬佛法。

东大寺的大殿前有一面湖水，水边长满红枫，树上有鸟儿鸣叫着，清澈的湖水映照着红枫的身姿。几只小鹿卧在树下小憩，小鹿的睫毛长长的，一双纯净的眼睛凝望着你，分外柔情，像一个可爱的孩子。

日本的寺院更多意义是庭院，有几分苏州园林的典雅。黄昏时分，游人渐少，坐在树下发呆，看水中的流云，枫树的倒影，小鹿在水边回头的样子，那么美。

1945年，美军准备轰炸日本本土，建筑学家梁思成先生对美方陈述了古都奈良和京都的重要性。梁思成说："要是从个人感情出发，我是恨不得炸沉日本的。但是，建筑绝不是某一个民族的，而是全人类文明的结晶。"

后来，美军的原子弹避开了这两座古老的都城——奈良和京都，这些美好的建筑才得以保留下来。

赤子的世界

秋天的午后，一个人在国家典籍博物馆参观。"赤子孤独了，会创造一个世界。"傅雷夫妇逝世五十周年纪念展正在举行。

我们了解傅雷先生，大都是因为一本书——《傅雷家书》，既是他写给留学波兰的儿子傅聪的书信集，也是培养年轻人艺术修养的读本，更是一位父亲呕心沥血的教子篇。文中流淌着一个父亲拳拳爱子之心，读者从中认识了一位刚烈率真的父亲，一位柔情似水的父亲。他一生刚直不阿，有水晶一般的心、玉石一般的品格，还有他那颗爱艺术、爱音乐、爱真理、爱世界的赤子之心。

傅雷先生不仅是作家，还是翻译家，在他短暂的58年的生命中，翻译了34部外国文学，共计500万字。其代表作有罗曼·罗兰的《约翰·克里斯朵夫》、巴尔扎克的《高老头》等 15 部作品，他将罗曼·罗兰、巴尔扎克、伏尔泰等作家的作品一一介绍给了中国读者。

他经历了数次抄家、批斗后，1966 年 9 月 2 日深夜，电闪雷鸣，狂风暴雨，他和妻子携手走向另一个没有黑暗与屈辱的世界。他们以这样决绝的方式，捍卫了自己人格的尊严。

妻子朱梅馥写给儿子傅聪的书信那么感人："孩子，我虽不智，天生懦弱，可是靠了我的耐性，对他无形中或大或小有些帮助，这是我觉得可以骄傲的，可以安慰的。我们现在是终生的伴侣，缺一不可。"正是这样的缺一不可，在傅雷先生离去的路上，有妻子风雨与共，生死相随。

我坐在展览厅，一个人默默看着电视里主持人对傅敏的访谈。两鬓霜雪的傅敏说："爸爸走了那条路，以他刚烈不屈的性格，我还可以理解。可是，妈妈可以留下来的，怎么妈妈也陪他一起走了……"

听着电视上他的话，我落泪如雨。

向傅雷先生和朱梅馥女士致敬。

我有所念人

午后，收到南京出版社寄来的中学生中考阅读书，散文《人生最美的书写》和《爸爸的白发不是老》入选了，这两篇散文都和父亲有关。

感恩父亲，我此生的书写，都和父亲有关。

想起20多岁的我刚开始写作，如有作品在报刊发表，父亲就会戴着眼镜，低下花白的头，一字一句，认真阅读我的作品。父亲会欣喜地说："你的散文很干净、耐读，以后会入选学生的语文阅读书。"

如今，在父亲去世几年后，我有80余篇散文入选中学生语文辅导书或中高考语文试卷的阅读试题，父亲的话都一一应验了。

冥冥之中，我成了终身写字的女子，从青春韶华到人生的中年。我渐渐明白，在浮躁的尘世间，只有沉稳安静的人，文字才能做到简洁不芜，端正开阔，坚韧洁净。

幼年的我在父亲的陪伴下练习柳体书法。父亲说，书法家柳公权有一句名言,"用笔在心,心正则笔正",练习书法,记住几句话,"习字如做人,不得慌张,不得潦草,更不能肆意涂抹"。光阴流转,父亲的这些话似乎不是在讲书法,而是在解读人生。

父亲,此刻,我是多么想念您,想和您分享写作的收获和喜悦,可是,再也不能了。

想念您的时候,我默念着白居易的诗:我有所念人,隔在远远乡。我有所感事,结在深深肠。

画之味

杏花春雨里,读白石老人的画,画上有他的堂号"杏子坞",似乎比"杏花坞"有意境,我喜欢。

他笔下的大石榴,红艳艳的,都咧着嘴儿笑了。另一幅画,透明的玻璃杯里,插着两枝兰花,一高一低,兰花静静相对着,仿佛两个人在轻声交谈。画上题诗:与语如兰。兰花是老人心里的谦谦君子吧,君子如兰。

白石老人在《余语往事》一书中言:"夫画者,本寂寞之道,其人要心境清逸,不慕官禄,方可从事于画。"品读老人的话，情真意切，清逸出尘。

他笔下的草虫活灵活现，有小鸡、大虾、蝌蚪、蜜蜂、蝴蝶、蜻蜓、蚂蚱，甚至连蜘蛛、臭虫、屎壳郎皆可入画。寥寥几笔，愈见神采。春天里，听着窗外的鸟鸣，翻翻他的画，只觉春风满怀，万物生灵都在他的画里。

喜欢冯杰老师的画，清水淡墨，黑白相间的白菜水灵灵地卧着，身旁陪着两只红艳艳的萝卜。画旁一行拙朴的书法：一素抵天下。

读书法家王献之《送梨帖》："今送梨三百，晚雪，殊不能佳。"如今的我们，再写不出这墨笔绝美、情趣盎然、短小清雅的便笺。《送梨帖》原来是生活的风雅之帖，埋藏在光阴深处，等我来倾心相见。

冯杰老师也画过梨子，两个黄灿灿的梨子，端然坐在洁白的瓷盘里。画上题：若是晓珠明又定，一生长对水晶盘。

艺术之美，到了一定境界，简洁生动，妙趣无穷。

画之道，文之道，原来也是味之道。

纸上耳语

初夏，窗外的广玉兰开满了洁白的花朵，宛如一只只洁白的鸽子，静静立在枝头。午后，品一杯清茶，读几页闲书。

阅读，就是独自一个人行走，把万水千山走遍，也不过是为了登高望远。

读到好的作品忍不住拍案叫绝。文章本天成，妙手偶得之。过度追求笔墨之"工"，匠气十足，全无真意和灵性。任何艺术只有两道：一是赏心悦目；二是震撼人心。一是小道，二是大道，绘画如此，文学也是如此。

一直认为，一个作家以敏锐的感触，忠实自己内心的写作，懂得与天地万物惺惺相惜，是多么难得的品质。

什么是写作？作家贾平凹说，写作时要聚精会神，这是与神相会的时刻。说得多好！

写作，从来都不是为了附庸风雅，追名逐利。写作者靠叙述自己对世界的感知，而获得生命的意义。其实，一个人不为功利的写作，是心灵泉水的自然流淌，也是灵魂自由的呼吸。不浮夸，不卖弄，不炫耀，以一颗赤子之心，忠实自己内心的写作，才有意义。

作家冯杰写过：我一直认为，天下看我书的观者不会超过二十位，其中十位沾亲带故。这尴尬的结果并不影响我写作散文的兴趣和底气，我为纸声而写。

其实，写作于我，不过也是纸上耳语。

长安亲友如相问，一片冰心在玉壶。

山水有相逢

春天的桂林，多雨。烟雨中的山水最为迷人。

清晨，微风细雨中乘着一艘小船游漓江，细雨落在身上，分不清是雨还是雾，空气清新如甘泉。山都不高，也不陡峭，有的如小鹿，似碧螺，有的如蘑菇端坐在漓江之畔。山水青翠，令人神清气爽。想起韩愈的诗：江作青罗带，山如碧玉簪。

水边多凤尾竹，随着微风摇曳着身姿，在碧波中照影儿。江边停着一张竹排，竹排上蹲着戴着斗笠的渔翁，一口一口悠闲地抽烟，竹排的另一头蹲着两只褐色的鸬鹚，静静地望着江水发呆。渔翁将长竹竿伸向鸬鹚，它们就一头扎进清澈的江里，不一会儿又游回来了，嘴里叼着一条小鱼。渔翁拿出一个竹篓，一手抓住它的脖子，它乖乖地将小鱼吐进竹篓里。鸬鹚神奇的本领，让孩子们看得出神。

乘着一艘小船沿漓江顺流而下,孩子们每人手里一支水枪,忙着打水仗,笑声与水声打成一片。

午后,我们乘车离开桂林市去了阳朔,一路柳丝如烟,陌上花开。阳朔是一座山水环绕的小城,几分安逸,几分宁静。

入住一家古朴雅致的民宿,大厅里有红木的茶台,茶杯几盏,竹椅几把。雕花的大床,推开木窗就看见几根翠竹,映在粉墙上,窗外风雨潇潇,就是一幅水墨丹青。

黄昏时分,天晴了,去阳朔小街闲逛,吃刘三姐啤酒鱼。漓江鲜美的剑骨鱼,用啤酒来烧,还加香辣的豆瓣和红红的西红柿,真是别有风味,孩子们吃得赞不绝口,一盘不够吃,再来一盘。

阳朔的西街多榕树,沧桑的老树有几百年了吧,几个人也合抱不过来。大树绿荫如盖,无数根须低垂着,仿佛大树的血液,它们重新回到大地深处,与泥土紧紧相连。微风习习,榕树下一片清凉世界。白发的老人们聚在一起在树下聊天,或者无言相对静坐着。大树的枝丫上蹲着几只黑色的小鸟,叽叽喳喳地说个不停,或歌唱或低语。忽然想起黄永玉先生的一幅画，上面是一只羽毛艳丽的鹦鹉，画旁写着"鸟是好鸟，就是话多"，令人忍俊不禁。

走进西街深处，有一座古朴的院落，木门开着，围墙上有砖雕的漏窗，几枝粉红的樱花从墙上探出头来。这里是画家徐悲鸿先生的故居。走进安静的院落，便看见一棵高大的玉兰树，郁郁葱葱，足有20多米高。一树白玉兰盛开，花香袭人。徐悲鸿故居的牌匾是他的夫人廖静文题写的。抗战期间，徐悲鸿为躲避战乱，曾在小院居住了四年。当地人常常看见他背着画夹、畅游阳朔的身影。他也与秀美的山水结下美好的情缘，在这里创作了《漓江春雨》等名作。

院中有一尊徐悲鸿的铜像，是他中年的模样，宽阔的额头，面带微笑，深情的目光注视着一树玉兰，注视着他钟情的山水。走进屋内，墙上有他的画作《漓江春雨》《骏马图》等。有一幅素描的自画像，是他20岁的模样，眉目俊朗，眼神凛然，他坐在椅子上，微微仰着头，似乎在憧憬着。这是青年才有的眼神，心怀梦想，桀骜不驯，志向高远。那时的青春，就像是照在身上正午的阳光，明晃晃地耀眼。他说，好的画家，一定要"一意孤行"。面对绘画，我行我素，只忠实于自己的感受，对艺术执着与痴迷，一往情深。

夕阳西下，我们带着孩子们来到漓江边散步。兴坪山似画，阳朔水如晶。余晖洒在江面，半江瑟瑟半江红。江水清澈，石子清晰可见，孩子们脱了鞋子，卷起裤脚，站在清凉的水中嬉戏，水花四溅。我和朋友坐在岸边的石阶上，看着他们在水中游戏。孩子大声呼唤着：妈妈，水一点都不凉，快点下来呀……

漓江两岸，树木葳蕤，春花烂漫，余晖将游人染成金色。山水有相逢，终会到桂林。秀美的漓江山水不仅吸引了画家徐悲鸿，也吸引吴冠中、李可染多次来这里作画。

吴冠中笔下画过漓江四季美景，漓江春雪，漓江新篁，江上渔舟，写实与写意虚实有度，淡雅娴静，有一种东方审美的意韵。那一年早春在阳朔，吴冠中先生和妻子来江边作画。一帧黑白照片里，两人都穿着毛呢大衣，下雨了，江边的风大了起来，妻子一只手为吴冠中撑着雨伞，另一只手为他撑着画架。吴冠中站在伞下，不顾风雨潇潇，依然全神贯注地作画，忘了风雨，忘了衣服已经被雨水淋湿。

住在阳朔西街,晨起,独自去江边漫步。薄雾如纱,山水苍茫,静谧悠远。不远处的江畔有几户人家,屋顶上正升起袅袅的炊烟。在江水的转弯处,一群野鸭子自在地游来游去。山水之间有人家,人与自然和谐相处,才是人间静美的画卷。

晨曦里,一个人在小巷游走。昨夜落过小雨,青石板路越发显得洁净清幽。有卖花的中年女子挑着担子迎面走来,她的叫卖声旖旎婉转。小楼一夜听春雨,深巷明朝卖杏花。她头上包着蓝花布的头巾,担子里插满桃花、樱花、铃兰、白百合和一些不知名的小花,仿佛挑着一担春天。

我跟着她的脚步,慢慢走,嗅着淡淡的花香,在阳朔的春天里,我什么也不做,什么也不想,只做一朝的赏花人。

第二辑
清水洗尘

今宵别梦寒

一夜秋风,院中高大的银杏树下一地金黄,榉树的叶子转红了,红叶翩翩,在风中飘落,仿佛一叶小舟驶向秋天深处。

斜阳流水,秋虫唧唧。我总是喜欢在秋天再读一读《古诗十九首》,分外有远意。

"行行重行行,与君生别离。""浮云蔽白日,游子不顾返。"人世的冷暖与荒寒,相聚与离别,仿佛都在古老的诗句里。

深秋的黄昏,我伫立在武汉的长江之畔,水边倦鸟归林,天色向晚。江边的码头上,停着几艘渡轮。行色匆匆的游客背着行李,登上渡轮远行。

此刻,江水苍茫,远山如黛,我忽然想起一个人,作家萧红。

想起萧红曾写道:"满天星光,满屋月亮,人生何如,为什么这么悲凉?"

她从这里登上渡轮离开武汉,辗转千里去了香港。此后,31岁的萧红在香港病逝。她无法预料,此刻与武汉的离别,竟是与故乡、朋友最后的永别。

1941年太平洋战争爆发,香港沦陷,山河破碎。此时,萧红躺在香港的一家医院里已经是病入膏肓。病榻上的萧红,生命最后的光阴,薄如一片雪花。萧红的丈夫端木蕻良将她托付给骆宾基照顾,谁也没想到,之后他竟然半个月不见踪影。

萧红对骆宾基说:"如果三郎知道我如今的模样,一定会来救我。"听着她的话,让人忍不住落泪。三郎是谁?是她曾经的爱人萧军。

作家萧军此刻已经重新组建了家庭。病如槁木的萧红,那一点点生之希望,寄托在曾经深爱的萧军身上。她生命最后的时光,还在眷恋什么?她向着曾经的爱人要一点尘世的温暖,多么令人心痛。

爱情是女子一生的归宿吗？可是这位才情非凡的女子，仿佛注定一生没有归宿。

这位天才一样的女子，在与尘世离别时写下："我本来还想要写些东西的，可是我知道，我要离开你们了，我将与蓝天碧水永处，留下那半部《红楼》给别人写了……半生尽遭白眼冷遇，身先死，不甘，不甘！"

萧红短暂的一生漂泊不定，流离失所，她活得那样困苦与艰难，不论身体还是灵魂，始终漂泊在命运的河流之上。

《古诗十九首》中言："人生天地间，忽如远行客。"写尽个体生命的荒凉与孤独。你所留恋与不舍的爱与温情，都将被时光的洪流深深淹没。

童年时期，我喜欢看连环画《西厢记》，是画家王叔晖先生画的绘本，仿佛第一次品尝人生离别的滋味。

《西厢记》的最后一场，就是饯行。长亭外，古道边，芳草碧连天。风吹荻花，红叶凋零，莺莺送张生至十里长亭，送别的酒杯里斟满了离别的泪水，石桌前端坐着神情肃然的老夫人。

这幅画面有着一种凄凉的美。秋风潇潇,张生衣袂飘飘,他将要远行。莺莺站在他面前,满眼含悲,微微皱着眉头,此刻,一腔柔情,化作相思泪。执手相看泪眼,竟无语凝噎。

张生是进京赶考,还是此生永别?

多情自古伤离别,在《西厢记》里结尾是金榜题名,衣锦还乡,花好月圆,而《会真记》里却是一生离散。

雨夜读《汉书》。天汉元年,汉武帝派苏武率领使团出使匈奴,他与妻子离别时写下《留别妻》:"结发为夫妻,恩爱两不疑。欢娱在今夕,嬿婉及良时。"

谁知,苏武一去匈奴整整19年。

《汉书》写道:"武留匈奴凡十九岁,始以强壮出,及还,须发尽白。"19年后,苏武回来了。可是,物是人非,沧海桑田,他的家园、妻子与孩子,都不在了。妻子以为他已经死了,而改嫁他人。

从浅草到飞雪,从春花到秋霜,从青丝到暮雪,光阴是一把最无情的利剑,将人间的缕缕温情切成碎片,如寒夜的一地霜花,再也捡不起。

思君令人老,岁月忽已晚。

他离别时曾答应过妻子:"生当复来归,死当长相思。"他回来了,他的誓言和真爱,化作天际一轮不落的明月。

诗人苏曼殊有诗:契阔死生君莫问。"契"是聚合,"阔"乃离散。生死离散,我们将它交给命运,因为谁也掌握不了。尘世里多少悲欢离合,如同一支前世的歌谣,一直唱到今生。

茫茫人海,我们总会遇见和自己有缘的人。可是,尘世的情爱,不过是写在流水上的字,等到缘分尽了,那些写在水上的字,便随着粼粼波光、落花、浮木、青草一起漂远了,连同爱与温情。人世多少情缘,原来都是水流花谢两无情。

静夜里,听着朴树的歌曲《送别》,也是李叔同先生的《送别》,他清澈的声音,如流水一样忧伤,流水一样洁净,可以抚慰灵魂。

"天之涯,地之角,知交半零落。一壶浊酒尽余欢,今宵别梦寒。"

人只有到了中年,到了生命的秋天,才会慢慢明白,上苍不会厚待我们所有人,他总是在苍穹之上冷眼俯看着芸芸众生,看着我们寻找、相遇、厮守、离散。

我们与任何人的相遇、相聚,都是一期一会。

秋末晚菘

年少时，喜欢读汪曾祺先生的散文，他说：文求雅洁，少雕饰，如春初新韭，秋末晚菘，滋味近似。

菘，多么优雅的名字，一直不知道它是什么精致的菜蔬。翻开《诗经》，才知它原来是一棵翠绿的白菜。

那棵小白菜，如同穿着粗衣旧衫的小姑娘，刚刚进了学堂。戴眼镜的老先生问：叫什么名字？她说：二丫头。她梳着一对毛毛的小辫子，黑葡萄似的大眼睛忽闪着。戴眼镜的老先生微微笑了，随手就给她取了大名"菘"，使得水灵灵的小丫头端庄优雅了。

菘，在《诗经》里是一位洁净优雅的"女子"。

深秋的清晨，草叶上落了细细的白霜，我提着竹篮，跟着祖母蹒跚的脚步，去菜园里摘几棵大白菜。

天气渐渐冷了，祖母喜欢做的菜是白菜炖豆腐，白玉似的豆腐在锅里"咕嘟咕嘟"地吐着小泡泡，麦草的小火苗慢慢煨着锅底。菜快要熟了，祖母会挖一勺猪油，撒上几粒碧绿的小葱，一大盆菜端上桌，热气腾腾，味美难忘，那是贫寒岁月里的一季美食。吃一碗白菜炖豆腐，后背微微出汗，整个人一下子暖和起来。祖母说，萝卜白菜保平安，白菜要小火慢熬才好吃。

如今，我已人到中年，才渐渐明白祖母说的"慢熬"。正所谓：哀乐中年。人到中年，悲与乐就显得格外真切。原来，每个人都是一棵白菜，在岁月的炉火上，慢慢熬着。只有到了人生的中年，才品味出人生的大滋味。

喜欢齐白石老人笔下的白菜，清水淡墨，寥寥数笔，日常的白菜，一清二白，生动鲜活。白石老人画上题曰：清白家风。有人向他请教："我怎么也画不出白菜的神韵？"白石老人答道："你通身无蔬笋气，怎么能画好白菜？"

作家冯杰老师爱画白菜，翠生生的大白菜身旁躺着两个红艳艳的萝卜。画上题诗：一素抵天下。细细品味，多好。他的另一幅白菜图则题：且素且鲜。我看了又看，偷偷笑了。这到底是说白菜，还是说写散文呢？好的散文原来是白纸落素心，又素又鲜，有清气流淌，也是白雪落寒梅，清芬暗盈。

再读汪曾祺先生的话，春初新韭，秋末晚菘。写作多年，我一直将这句话当作座右铭。有的散文读来，清淡有味，味美如菘。这样的散文家有汪曾祺、孙犁、冯杰、车前子、胡竹峰……《诗经》里的菘，是伴着薇、菲、荼、芫荽、艾草、卷耳、萱草、蔓菁——走到我的面前的。那些带着草字头的文字，清气袭人，枝叶繁茂，翠色逼人。

记不清哪位作家说，多闻草木少识人。心浮气躁的时候，我愿意到田野里走走，和草木说说话。其实它们和你我一样，都是大地的孩子，可是，我们张张嘴，再也唤不出它们的姓名。

在苏州的耦园拍过一张照片，石桌上放几枝桃花和杨柳，我静静地和花儿对坐。与谁同坐，春风，草木。轻柔的风拂过一枝枝白玉兰，枝头的小鸟也在风里睡着了。

如今的你我，总是步履匆匆，忽视了一草一木，忽视了值得去爱的一切。我们离大自然越来越远，离千年前的歌谣《诗经》更是愈来愈远。在春天里，我喜欢再读一读《诗经》，她是一条千年的河流，悠远芬芳。她从古代一直流淌至今，《诗经》的两岸，草木葳蕤，落英缤纷。

天地有大美而不言。从《诗经》里的草木，我们感受四季流转，花开花谢，悲欢离合，人世冷暖。翻开《诗经》，仿佛和草木清流、花香鸟鸣都亲近了。沉睡在《诗经》里的草木，滋养了我们无忧无虑的童年。

人生在世，当有深情，低下头来，多识草木，生命也多一份静气与清气，少一份浮躁与焦虑。

一次次重读《诗经》，唤醒人们重新审视与自然的关系，也提醒我们要永葆一颗童心，一份诗情。即使过去多少年，《诗经》之美，古典诗词之美，仍值得一代又一代生命细细品味与热爱。

缥缈孤鸿影

在凤凰古城沈从文故居,看见沈先生年轻时的一帧黑白照片,清亮的眼神如沱江的潺潺清流,一脸的干净纯粹。嘴角微微扬起,眉宇间英气逼人,洒脱俊朗。

墙上还挂着他暮年时的一帧照片,戴着一副眼镜,儒雅、温和、慈悲。孩童般纯真的笑脸,似清水洗尘。走进他的书房,仿佛还能听见他朗朗的笑声。

他的爱、坚韧、温和、悲悯,流淌在他的文字和一生里,自始至终,浑然一体,不可分割。他写过:"我轻轻地叹息了好些次。山头夕阳极感动我,水底各色圆石也极感动我,我心中似乎毫无什么渣滓,透明烛照,对河水,对夕阳,对拉船人同船,皆那么爱着,十分温暖地爱着!"

他的一生就是那样,有一双孩童般对世界充满好奇的眼睛，一颗纯净的心感受着，温暖地爱着，爱世间值得爱的一切。无论岁月给他什么，伤痛、屈辱、苦难，生命已是繁华落尽，不染尘埃。他的心是沱江的碧波，照山是山，照月是月，都映在他心底和文字里。星斗其文，赤子其人。

看摄影家肖全拍摄的作家三毛的一组照片。在成都的柳荫街，一条古老的小巷，三毛坐在石凳上，海藻样的长发披散着，宽宽的布衣，赤脚穿着凉鞋，手指间捻着一支烟，脸上写满疲惫和沧桑，眼睛望着远方，神情倔强、茫然、忧伤，说不出的孤独和寂寞……我看着她的照片，雨雾一样的惆怅将我遮蔽。因为，拍完这张照片5个月之后，那个寒冬的深夜，她将自己挂在一只丝袜上，走了。她死得那样隐忍、寂寞……

多年后，我第一次在电视里听见她的声音，那是她留给世界最后的声音，那么纯真、忧伤，如泉水流淌。寒夜里，她和友人告别的话只有短短的几句。我听着，这是我年少时就迷恋的三毛的声音吗？她的声音里都是对尘世的不舍和留恋，也弥漫着对生命的无助和绝望。

她是飞翔在荒漠里的一只孤雁，形单影只。她是失去伴侣的天鹅，独自漂泊、流浪，无处停歇。一个将万水千山都走遍的人，却一生寻找不到灵魂的家园。只有死亡，才是她最后的归宿。这只天堂鸟回归天堂了，我愿意这样想她的离去：上帝看她活得太苦了，才召她回去……

在桂林阳朔县的徐悲鸿故居，我看见徐悲鸿的一幅自画像。20岁的样子，一脸的桀骜不驯，眼神凛然。这是只有青年才有的眼神，燃烧梦想，清高气傲，心怀高远。他说："好的画家，一定要一意孤行。"是的，面对绘画，他一味任性，只忠实于自己的感觉。其实，任何一门艺术都要我行我素，所谓另辟蹊径也是站在前人的肩膀上摘到星辰。他的一生就是那样，独树一帜，特立独行。

读张爱玲的《对照记》，书中收录她从两三岁至暮年的许多珍贵的照片。我尤其喜欢她二十几岁的一张，那是好友炎樱为她拍摄的。她站在阳台上，仰着头，看不清眼神，腰身瘦瘦的，不盈一握。春天的风吹起开满花朵的裙，衣袂翩翩。青春如同打在她身上的阳光，金晃晃地耀眼、灿烂、明媚，没有一丝阴霾。虽然看不清她的神情，却感受得到青春飞扬的气息。

人一生最好的年华就是那几年，金灿灿的，如手里捧着的金沙。张爱玲的人生也是如此。她说过，上海是她的天堂。此后，离别故土漂泊海外的岁月，她成了没有根基的浮萍，只有将生活的孤苦与辛酸都一一咽下。除了咽下，又能怎样？

然而，我们手捧金沙的日子，往往是不自知的，不懂得珍惜。她说过，长的是磨难，短的是人生。她的人生最美好的刹那，不就是裙裾飞扬的一瞬间吗？

喜欢台湾作家朱天文 20 岁的照片，穿黑底白圆点的连衣裙，梳着一对乌黑的麻花辫，清凌凌的眼神，笑意妍妍，清纯极了。出身书香世家的女子，优雅娴静。她的父亲朱西甯、母亲刘慕沙、妹妹朱天心都是作家，朱家一门两代四人都是好作家，实属文坛罕见。

那时，姐妹三人正在办《三三集刊》《三三杂志》，在台湾文学界引起极大反响。她 26 岁时第一次和导演侯孝贤合作，将她的小说《小毕的故事》改编成电影，从此她成为台湾最年轻的编剧。作家钟阿城说，朱天文大概天生是为文字而生的。她 50 岁时的一帧照片，依然梳着一对麻花辫，不再温润的脸庞有了光阴的痕迹，也有了岁月雕刻的沧桑之美。

看雕塑家吴为山创作的弘一法师的塑像,惊呆了。法师的塑像分明是有灵魂的,那清瘦的面庞,一身布衣,慈悲的神情,极具神韵,我一眼就认出是弘一法师。

他修的律宗是佛家戒律最严的,生活极其清苦。有一日,好友夏丏尊来寺里看望他,见他一身布衣,脚上的布鞋破烂不堪。他们一起吃饭,只有一碗白米饭和一盘咸菜。夏丏尊问:"难道不会太咸吗?"他说:"咸有咸的味道。"饭后,他倒了两杯白开水。夏丏尊又问:"是不是太淡了?有茶叶吗?"他说:"淡有淡的味道。"是的,这就是人生,咸有咸的味道,淡有淡的味道。

39岁那年,李叔同在杭州虎跑寺出家,人生被截然分为两半,仿佛年轻时风流洒脱,琴棋书画诗酒花都是前半生,后半生只有孤苦寂寥,他随遇而安,不怨不悔。

他的前半生是姹紫嫣红开遍,饱满如繁花盛开的春天;而他的后半生,仿佛一位大家的山水画,山寒水瘦,素洁安然。

他清瘦、淡定、悲悯,没有挣扎和苛求,只有慈悲的一颗心。原来,人生到了最后都是顺应天意。世间很少有人能理解他在精神世界获得的愉悦和幸福,大概只有画家丰子恺能懂他。一生的悲与欣都尝遍了,他写下"悲欣交集"几个字,走了。

我喜欢评剧皇后新凤霞的一张照片,30多岁,已经是几个孩子的母亲。她坐在一辆牛车上,粗衣旧服,依然掩不住天生丽质。绮年玉貌的她爱上剧作家吴祖光,就去对他说:"我想和你结婚!"那时的吴祖光一定吓呆了。多可爱的女子啊,在爱情面前,执着而勇敢,如春风里一树盛开的樱花,燃烧着,灿烂着。她自幼出身寒微,没有进过学堂,可是,她倾慕才华横溢的他,她要学剧中的刘巧儿,也要自己找婆家。

后来,"文革"中吴祖光被打成了"右派",下放"干校"劳动。有人逼新凤霞和丈夫划清界限,她凛然答道:"王宝钏苦守寒窑十八年,我也要等他十八年。"困境中他们忠贞不渝,患难与共,不离不弃。她一个人操持家务,抚养孩子,承担繁重的体力劳动,后来积劳成疾,患了脑血栓,导致半身瘫痪,一颗戏曲舞台上璀璨的星星永远陨落了。

可是,以后的几十年,谁也没有想到,她用一只健康的手完成了 400 万字的散文。她把幼年学戏的点点滴滴，看父亲做"万年牢"糖葫芦的记忆都留在了文字里，质朴无华，真挚饱满。有人说，新凤霞的文章也许是吴祖光捉刀。我说，吴祖光没有她的人生阅历，没有她童年苦难的生活，当然写不出她文字的味道。任何一位作家，没有鲜活的生活，写作就成了无源之水。她的文字淳朴清新，自成一家，如六月荷花，素面相见。

似水流年里，谁见幽人独往来，缥缈孤鸿影。

在李庄的林徽因

深秋的清晨,我来到长江之畔的小镇李庄。站在江畔翘首远望,大江东去,一艘大船远行。逝者如斯夫,不舍昼夜,多少流年往事,都被光阴淹没。

踏上一条碎石铺就的小路,风里飘来隐隐暗香,是路边的桂花开了。沿着一条寂静的小路,从滚滚的长江边走到这里。路旁是翠竹潇潇,野菊花随风摇曳,光阴流转,仿佛看见几位风尘仆仆的教授提着箱子,一群背着绘图仪器的年轻人从小路上走来,走进光阴的皱纹里,走进一座院落。

70年前的一天,这里曾来过一群西装革履的学者和英姿勃发的学生。

1940年,日军铁蹄侵犯中华,烽火连天。那时,四川宜宾的李庄古镇，人口仅2000多人，可是，李庄的父老乡亲以博大的胸怀接纳了来自战火中的两万师生。李济、傅斯年、梁思成、林徽因、梁思永、王世襄、金岳霖、吴定良等文化名人齐聚李庄达六年之久，这里成为抗战时期的文化中心之一。

李庄的乡亲们将东岳庙腾出来，当作同济大学的校舍和宿舍，安置师生。在东岳庙的墙壁上，一行遒劲的书法，这是李庄乡绅罗南陔给同济大学的邀请函："同大迁川，李庄欢迎，一切需要，地方供给。"东岳庙的大殿前长着一棵桂圆树，那是同济大学的师生一起种下的，如今已经郁郁葱葱，树上挂着一块木牌：同济树。

不知不觉走到一座院落前，院子前立着木牌，上写：中国营造社旧址。潇潇的翠竹在围墙边摇曳着。院子里一字排开，都是木质的房屋。门上挂着：中国营造学社，梁思成与林徽因故居，王世襄故居……

一对塑像站在院中，是梁思成与林徽因年轻时的模样。梁思成戴着一副眼镜，儒雅温和，风度翩翩。才女林徽因穿着优雅的旗袍，笑意晏晏，手中握着一卷书，如一枝幽兰。真是一对佳偶，那时的他们，正当人生最好的年华。

院中的土地上围着竹篱笆,种着青青的蔬菜,梁思成与林徽因曾在这里生活了六年。在这里,他们夫妇著书立说,研究学问。梁思成先生完成著作《中国建筑史》。一代才女林徽因洗手做羹汤,养鸡养鸭,操持一家人的生活,悉心照料梁思成和两个年幼的孩子。林徽因与梁思成比翼齐飞,相濡以沫,美好的婚姻成就两个人的人生。

林徽因从诗人到建筑学家,人生每一个角色都如此出色,她写建筑的文字一样才情非凡。我喜欢挂在墙上的一张照片,是她陪伴梁思成去测绘山东滋阳兴隆塔时拍的,只见她坐在拱形门洞里,低下头认真记录,阳光从她的背后照过来,为她镀上一层融融的光亮。

在他们故居的墙上,挂着林徽因年轻时的照片,冰清玉洁的美,倾国倾城。照片旁是她的诗《你是人间四月天》,那么轻盈、明朗,充满诗意。女子最温暖的一瞬间,是她刚刚做了母亲,写给孩子的诗歌,清灵、温暖。

你是一树一树的花开，
是燕在梁间呢喃，
——你是爱，是暖，是希望，
你是人间的四月天！

梁思成夫妇刚到李庄三个月，因颠沛流离，营养缺乏，林徽因肺病复发。而后在李庄的六年，梁家贫困交加，缺医少药，林徽因的肺病日渐加重。

卧室里床上躺着中年的林徽因，是她的一尊蜡像，30多岁的她虽然消瘦病弱，但眼神干净，清丽端然的美。床边坐着一双年幼的儿女，梁从诫与梁再冰。那时的林徽因经常发高烧，但她坚韧地支撑着病弱的身体，在这张病榻上，协助丈夫完成《中国建筑史》一书，还有相关学术研究、文学作品和给友人的书信。

许多人对着她的蜡像拍照，我的镜头不忍心拍下这幅画面。我将镜头转向卧室的木窗，我想，她在病中时从窗口望出去，就是天光云影，晨曦与夕阳，鸟儿与树荫。

林徽因到李庄古镇的第二年，三弟林恒作为飞行员与日军交战,在成都的上空机毁人亡。林徽因与林恒感情深厚,风华正茂的小弟战死疆场,林徽因痛失手足,如万箭穿心。她写给林恒《哭三弟恒》:

> 弟弟,我已用这许多不美丽言语,
> 算是诗来追悼你,
> 要相信我的心多苦,喉咙多哑,
> 你永不会回来了,我知道……

看着她的诗,痛彻心扉。想起齐邦媛先生在《巨流河》一书中写到她的挚友张大飞。张大飞和林恒一样,作为飞行员与日军作战,为国捐躯,年仅26岁。许多年后,满头华发的齐邦媛先生从台湾回到南京,在黑色花岗岩石碑上,3000余名抗战牺牲者中寻找到张大飞的名字。也许,林恒的姓名也在其中。冰冷的石碑上,每一个姓名都是一个年轻而炙热的生命,为了保卫国家,一群热血男儿永远站在一起。就在同一时期,在云南的西南联大也有1100多名大学生参加抗战。

在李庄,林徽因收到傅斯年先生寄来的包裹,回信如下:

孟真先生：接到要件一束，大吃一惊，开函拜读，则感与惭并，半天做奇异感！空言不能陈万一，雅不欲循俗进谢，但得书不报，意又未安。踌躇许久仍是临书木讷，话不知从何说……日念平白吃了三十多年饭，始终是一张空头支票难得兑现。好容易盼得孩子稍大，可是全力工作几年，偏偏碰上大战，转入井臼柴米的阵地，五年大好光阴失之交臂。近年来更胶着于疾病处残之阶段，体衰智困，学问工作恐已无份，将来终负今日教勉之意，太难为情了。素来厚惠可以言图报，唯受同情，则感奋之余反而缄默，此情想老兄伉俪皆能体谅，匆匆几行，自然书不尽意……

她给傅斯年先生的回信，朴素无华，真情感人，忧郁而沉静，充满生活沉重的感伤。

活着，仅仅是活着，何其艰难。

傅斯年先生说过，在李庄的梁思成夫妇，可以说，吃尽当光。

梁再冰在许多年以后回忆：母亲又卧床不起了，尽管她稍好一些还奋力持家和协助父亲做好研究工作，但身体日益衰弱，父亲的生活担子因而加重。家中实在无钱可用，父亲只得到宜宾委托商行去当卖衣服，把派克笔、手表等贵重物品都"吃"掉了。父亲还常常开玩笑说：这只表"红烧"了吧！这件衣服可以"清炖"吗？

苦难原来是一副重担，只能从一个肩头换到另一个肩头。字里行间，都是一个学者家庭在战争时期最真实的记录，如今读来，无比心酸。

抗战时期，有的学者在国外过着悠闲富足的生活，拿着丰厚的薪金。烽火连天的中国，有梁思成他们坚守在李庄研究学问，留给后人的是一本本巨著。梁思成先生的《中国建筑史》正是写于在李庄的六年。如今，这部著作依然是大学建筑系的教科书。书生何以救国，这一代知识分子已经做得够好。

两个年幼的孩子问林徽因："妈妈，如果日本人打过来，我们怎么办？"她沉默一会儿，说："我们还有一条长江。"这就是文人的气节，如果国土沦陷，我们还有一条长江可以接纳我们的身体。宁可投江，也不做亡国奴。先生的风骨,是中华民族的风骨。

如今,说起林徽因——这位集才情和美貌于一身的女子,有的读者会以轻佻的语气,谈论起北平城里北总布胡同那位风华绝代的太太,纠缠于她的感情故事。其实,对于那一代知识分子承受的苦难与煎熬,在你了解之后,不敢轻易妄言。山河破碎,民族危难之际,他们依然活得那么坚韧、顽强,有风骨、有担当。

我们离他们的幸福遥不可及,我们离他们的苦难更是遥不可及。那时的先生们值得我们仰望!

清水洗尘

　　年少时读他的书籍，那些和水有关的文字，温润洁净，如潺潺溪流。

　　他说，我学会思索，认识美，理解人生，水对于我有极大的关系。

　　秋天的午后，我坐在江边的青石上，远山如黛，江水微澜，手中握着他厚厚的书简，一瞬间被他纯净天然的文字击中。一个人的气质和他文字的气质相互吻合的，并不多见，沈从文算一个。

　　他写道："水中游鱼来去，全如浮在空气里，两岸多高山，山中多可以造纸的细竹，长年做深翠颜色，逼人眼目。近水人家多在桃杏花里。春天时只需注意，凡桃花处必有人家，凡人家处必可沽酒。"水如何清澈见底，不必写。只写，鱼儿几乎浮在空气中。动中有静，静中有动。青山，翠竹，桃林深处有人家，那么美，犹如一幅画，疏朗有致，色彩明丽，有着浓浓的深情。

他的语言浑然天成，朴素自然，如清泉流淌。小说有这样的描写："空气中有泥土的气味，有草木的气味，还有各种甲虫类的气味。翠翠看着天上的红云，听着渡口飘来的生意人杂乱的声音，心中有些薄薄的凄凉。"他说："我的心总得为一种新鲜声音，新鲜颜色，新鲜气味而跳。"是的，好的语言是有味道，有气息，有色彩，有韵味，有声音，有节奏的。他曾笑呵呵地对学生们说，一个作家要有一个好鼻子。身为作家的沈从文，还是一位诗人和艺术家，他的内心永远保持着对生活的兴趣和好奇，保持着一位艺术家的敏锐和灵性，保持着一个诗人内心的柔软和脆弱。

他是一位赤子，只有赤子会被人间的美好、善良、悲伤、苦难、真情深深打动。

然而，他的人生在那一年被截然分为两段。那年之前，他是一位作家，写了许多诗性优美的小说和散文。那年以后，他一转身成了文物研究家。有人撰文批判他的小说，他的作品皆被毁去，精神上备受折磨，一度想要自杀。如此热爱写作的人，被迫放下手中的笔，心中的凄楚无以言表。

有一次，作家汪曾祺到历史博物馆看望老师沈从文，见他正兴致勃勃给参观者讲述展品，一位年轻人问汪曾祺："他是什么人，怎么懂得这么多？"汪曾祺后来在随笔中写道："从大学教授到当讲解员，沈先生不觉得有什么'丢份'。他那样子不但是自得其乐，简直是得其所哉。只是熟人看见他在讲解，心里不免有些凄凉。"

后来，"文革"爆发，沈从文和夫人张兆和一起被下放劳动，他被安排打扫厕所长达一年之久……多年之后，一位女记者去采访他，问及此事，满鬓斑白的老人忽然拉着她的手，泪流满面。不知道那段暗淡的岁月，带给他多少寒冷和苦难。有人说：爱是无尽忍耐，然而，在逆境中坚强地活着，何尝不是一种无尽的忍耐？沈先生饱经人生的苦难，只有吞下所有的泪水和屈辱，带着谁也看不见的伤痛，以写作的方式坚韧地活下去，如同大海上一叶孤舟驶向白茫茫的天际。

他耗费几十年心血写下的《中国古代服饰研究》一书终于出版。有人说，所谓大师者，把学问看得远远大于自身，超越一切的，是对真理诚挚而永不妥协的探索。沈从文先生无愧为大师。

20世纪80年代，他所有的著作重新出版，全国各大院校中文系将他的作品列为研究课题。在沈从文先生80岁生日时，汪曾祺送给他一副对联：玩物从来非丧志，著书老去为抒情。他几十年呕心沥血，把无言的爱都倾注到对古代文物的研究中了，只有在古老的文物中，在时光隧道的深处，安放他苦涩、失意的灵魂，安放他爱世间一切美好事物的仁慈之心。

春天来临的时候，我想去湘西的凤凰小城寻访他的踪迹，看看他笔下翠色逼人的青竹，清流潺潺的小河，淡远深厚的人情，宁静淳朴的凤凰古城，还盼望遇见一位叫"翠翠"的女孩。

因为，那里的山水滋养着他的文字，如潺潺流出的小溪，若隐若现，纯净天然，沉静从容，那么洁净的文字，弥漫着生命的美丽和悲凉。

一个圆滑世故、急功近利的人是永远写不出好文字的。内心干净的人，文字自然干净。只有远离浮躁、安于寂寞的人才能捕捉到自然之美，人性之美。寂寞是一种很美的境界，寂寞造就了沈从文。他的文字抚摸过心灵，如月洗过晚山，如水洗去尘埃。

清水杨绛

看杨绛先生和钱钟书先生年轻时的照片,钱钟书温文尔雅,她温婉清秀。我觉得,他们骨子里散发出的儒雅和端庄最为动人。暮年时,他们都穿着黑色的衣裳,戴着黑框的眼镜,两位白发老人一起捧书阅读的侧影,那么安详、温情。他们一生只做好一件事,此生只深爱一个人。

世间所有的繁华都过去了,他们的漫漫人生有书相伴,一同在书香里优雅地老去,多好。

钱钟书先生曾称赞杨绛:最贤的妻,最才的女。老去的只是光阴,不老的,永远是她的人格魅力。

她80余岁时,钱钟书先生和女儿钱瑗相继病重住院,她奔波在两家医院、两位病人之间,悉心照料,无微不至,辛苦可想而知。钱先生临终时,眼睛一直未合上,她在他的耳边柔声低语:"不要紧,有我。"听到这句话,钱先生安然离世。

这是她年轻时常对他说的话。早年她和钱先生一起留学英国,在英国牛津大学生下女儿钱瑗。在她住院期间,常见钱先生苦着脸去看她。一次,他说,不小心将墨水打翻了,染了桌布。她说,不要紧,有我,我洗。几天后他又说,门轴坏了,不能锁门了。她又说,不要紧,有我,我修。他感激之余,对于杨绛所说的"不要紧,有我"深信不疑。

钱钟书一生学贯中西,著书立说,但在生活琐事面前却束手无策。有她一生陪伴在他身旁,与他比翼齐飞,做他温柔的知己和伴侣。直到他生命的尽头,她还是那句话:"不要紧,有我。"那么坚定而无悔,在生死面前,内心如此强大和沉静,听之令人落泪。此时,他们唯一的孩子钱瑗已经过世。

她说:"钟书逃走了,我也想逃走,但是逃到哪里去呢?我压根不能逃走,我得留在人世间打扫现场,尽我应尽的责任。"尘世间,她最爱的两人都离她而去,内心的悲苦和孤独无以言表。80多岁的老人,提笔写下散文集《我们仨》,写下一个学者家庭半个多世纪的相濡以沫、患难情深，写下三人在人世的点点滴滴，如微风细雨，深情感人。

在"文革"那段灰暗的日子，他们都被下放"干校"劳动。艰苦繁重的劳动之余，杨绛先生写下散文《干校六记》，从容练达，幽默风趣，细微处见真情。那是寒冬里一树树盛开的梅花，清芬暗盈，所有的苦难都被她一支妙笔化解了，连同那漫天的冰雪。她温情而坚强地支撑着他，相依相伴，不离不弃。

杨绛先生年近90岁，开始认真整理钱先生几十年来的书稿和笔记。那些手稿历经半个世纪的风霜，纸张发黄变脆，字迹模糊不清，她一字一句艰难地辨认、抄录、整理，而后相继出版了《容安馆札记》《钱钟书手稿集·中文笔记》。

钱先生离去了，留下她一个人在人世间"打扫现场"，完成钱先生未完成的事业。她以这样的方式，寄托自己深深的思念。她将书稿所得的稿费和版税800万元，全部捐赠母校清华大学，成立"好读书"奖学金，留给后来的莘莘学子，连同他们一生严谨治学的精神。

有一次，媒体邀请杨绛先生参加作品研讨会。她没有去，还幽默地说："稿子交出去了，卖书就不是我该管的事。我只是一滴清水，不是肥皂水，不能吹泡泡。"

她说得真好。她就是一滴清水，文字和内心一样干净，清澈，透亮。她清华其外，淡泊如水，不做媚世之态，也不被俗世所打扰，一生沉浸在文字里，一活就是百余岁，终成一代大师。

画尘世大美，有情人间
——读《子恺遗墨》

初秋时节，收到赵柱家先生寄来的《子恺遗墨》一书，这本书由他主编。打开书的一瞬间，丰子恺先生的画扑面而来，墨香萦绕，真是心生欢喜。这本书装帧精美，典雅厚重，令人爱不释手。

书中收录了丰子恺先生为《宇宙风》杂志作的十三幅插画。这些画都是第一次见到，作为丰先生的读者，我何其幸运！《宇宙风》杂志创办于抗战期间，主编是文学家林语堂先生。当时，一大批文化名人以登上《宇宙风》为荣，其中就有蔡元培、老舍、周作人、郁达夫、郭沫若、何香凝等。《子恺遗墨》也收集了众多名家的文章，书写他们与丰子恺先生的友情与往昔，叙事怀人，情深意切，读来感人至深。其中有郑振铎、俞平伯、朱自清、朱光潜、叶圣陶、巴金、刘海粟、华君武……

丰子恺先生的十六篇谈艺术的文章汇集在书里。他这样谈绘画:"美术是感情的产物,是人生的安慰。它能用安慰的方式来潜移默化我们的情感。"他还写道:"真的绘画是无用的,有用的不是真的绘画。无用便是大用。"世间美好的事物大多是无用的,却能给人以精神的慰藉,让人活得有滋有味。他的画与文,隔着漫漫岁月细细品来,令人感慨万千。一个人的作品是否有生命力,要看 50 年、100 年之后,有没有后人再读他的作品。

丰先生喜欢画儿童,孩子们是他创作的灵感,也是他笔下的精灵。那些画一幅接着一幅,童趣盎然,简洁美好,令人目不暇接。

一个三四岁的小男孩,光头,胖胖的,穿着短衣短裤,手握着两个大蒲扇夹在腿下当成车轮子。他一定羡慕邻家孩子有一辆三轮车而自己没有,就用大蒲扇发明一个骑着吧。

《花生米不满足》画的还是这个孩子,坐在桌前,桌上散落着几粒花生米。他嫌妈妈给得太少不够吃,于是生气了,噘着嘴,皱着眉,内心的不满足、不快乐表现在眼睛和眉毛上。寥寥数笔,一个憨态可掬、喜怒哀乐都在脸上的孩子跃然纸上。

"阿宝有两只脚,椅子四只脚。"阿宝将自己的鞋子给椅子穿上。在阿宝眼里,椅子也怕冷,和他一样是要穿鞋子的。读丰先生的画,人的内心一瞬间像云朵一样柔软。童真是成年人遗失在岁月中的珍珠,我们已多少年不再拥有了?

一对五六岁的小姐妹牵着手,从湖畔走来。远山几笔,小桥一弯,近处流水潺潺,小女孩荷花一般的小脸,笑意盈盈,两个人头上各自顶着一张翠绿的荷叶。画上题诗:折得荷花浑忘却,空将荷叶盖头归。

另一幅画上,一张蜘蛛网,上面粘着几片落花,蜘蛛网上坐着一个人,我猜想应该是丰先生。画旁有诗:"檐外蛛丝网落花,也要留春住。"那张蜘蛛网何尝不是他的画意和情思?他写过:孩子们,憧憬于你们的生活的我,痴心要为你们永远留住这黄金时代在这册子里。然而这不过像"蜘蛛网落花"略微保留一些春的痕迹而已。他想留住孩子们纯真无瑕的童年,留住生命里的善与美。

《小桌呼朋三面坐,留将一面与梅花》中,茅屋前,竹篱旁，寒梅盛开，只觉清气满怀。三人围坐小桌前，坐对一树红梅，如同坐对一位挚友，梅花原来是历代文人的知己吧。此时，品茗、闲谈、吟诗，也可把酒话桑麻。他的画有古风，含蓄简静，诗情弥漫，雅兴悠然，充满了中国画的意境之美。

丰子恺先生爱画樱桃，一扇典雅的木格窗前，碧绿的芭蕉随风摇曳，桌上白瓷盘里摆放着红玉似的樱桃，有红蜻蜓从窗外飞进来，一支点燃的香烟升起袅袅青烟。红红的樱桃，映着翠绿的芭蕉，色彩明丽，生机蓬勃。《红了樱桃，绿了芭蕉》大概是缘缘堂暮春时节美好的写照，一派恬淡安然，岁月静好。

这幅画选题自宋代蒋捷的词："何日归家洗客袍？银字笙调，心字香烧。流光容易把人抛，红了樱桃，绿了芭蕉。"他的画里有诗，还有剪不断、理还乱的春愁和惆怅。

在石门湾丰子恺故居，我仰头凝望着墙上丰先生的照片，他戴一副黑边框的眼镜，胸前长须飘然，膝上一只小猫，满脸笑意，温和慈悲。我觉得他不是画家，他只是天下孩子们仁慈的父亲。他用一支画笔反反复复画着：杨柳、梅花、斜阳、流水、羊群、小猫、老人、孩子……

漫漫人生，哪怕在烽火连天的抗战岁月，他依然没有放下手中的画笔。有时，觉得他的画于战争而言，极不合时宜。可是，无论怎样的悲伤苦难、流离失所，乱世里人们心里向往的，都是一派平安祥和、春和景明的景象。他的笔下皆是唤醒，一如春风唤醒大地，唤醒人世温暖。

世间万物，丰子恺先生都拿来入画。恬淡美好，酣然淳朴，一派天趣。守着岁月枯荣，似水流年，尘世的暖意都在画里。天地有大美而不言。他画着尘世大美，有情人间。

《诗经》里的婚礼

烟花三月,有一位女子要出嫁了,婚期就在桃花盛开的季节。女子脸上的云霞比陌上的桃花还要艳丽。再平凡的女子,一生中总有这一天是艳若桃花的吧。

桃花十里,桃林深处走来一队送亲的队伍,老人牵着孩子,小伙子们推着车子,人人面带喜气。车上装满新娘的嫁妆,从家具、被褥到锅碗瓢盆,无一例外都贴上一个大红的喜字,像是过年时候蒸的大白馒头,每个馒头上顶着一个红圆点,透着俗世的喜悦与和美。坐在车上的新娘子一定也是喜悦如莲吧,仿佛 20 年漫长的等待就是为了这一天。此刻,她犹如一只艳丽的蝴蝶沐浴在春光里。

童年的时候在乡下,堂姐出嫁的时候,也是烟花三月,微风拂面,桃花遍野,我的衣袋里装满香甜的糖果。幼年的我,跟随着浩浩荡荡的送亲队伍,从桃花林中走过，内心的喜悦如冲天的喜鹊。

桃花盛开的时节，父母送她出嫁，去夫家做他的妻子。从此，她仿佛一只紫燕，垂下一双飞翔的翅膀，落了下来，落到了泥土中，而后在泥土中生根、发芽、开枝散叶。此后，她不再做梦，即使在梦里，也没有了飞翔的翅膀，她放下梦，放下浪漫，和他过起寻常百姓的日子，早出晚归，一双勤劳的手操持一家人的生活，直到花样容颜在岁月的河流中褪去颜色，乌黑的秀发有了根根银丝。时光是一把多么凛冽的雕刻刀，任红颜老去，白发如霜。

江南人家，若是生了女儿，一定要酿几坛女儿红，深埋在酒窖里，待到女儿面如桃花，长大成人，将要出嫁之时，才取出深埋20年的女儿红，盛情款待好友宾朋。那尘封20年的是酒，还是芬芳浓郁的血脉亲情？父母举起酒杯，看见女儿脸上的烟霞比波光潋滟的酒还要艳丽。此时，父母的眼中有了点点泪光，"桃之夭夭，灼灼其华。之子于归，宜其室家。"宜，是和顺美满。此后，你不再是父母膝下任性撒娇的女儿，而是他的妻子，要端庄贤淑，勤俭持家，相夫教子，与他和和美美地过日子。父母期待女儿的生活，似一幅徐徐展开的幸福画卷。

桃之夭夭，繁花一场，人间一场盛大喜悦的婚礼。人生的幸福从今天开始吗？

最长久的幸福，莫过于平凡人家的幸福，那柴米油盐里相濡以沫的深情，抵得上多少花前月下，海誓山盟。一粥一饭里的恩情，则是细水长流的幸福。

死生契阔，与子成说。契，是聚合；阔，乃离散。离合聚散哪是我们能做主的？我们将它交给命运。可是，苦苦深爱的两个人，总是盼望着，执子之手，与子偕老，不怕光阴老去。

三百篇《诗经》，关乎男女情爱的故事，占篇幅不少。所以，孔子说：诗三百，一言以蔽之，曰"思无邪"。是的，《诗经》三百篇中，情思绵绵，却了无邪念。美好的情感，如三月的桃花，芬芳、纯净、无瑕。

《诗经》是一曲千年的歌谣，一百次读它，就有一百种滋味，一百次心醉。一部《诗经》，写尽人世的喜悦团圆，悲欢离合。如馥郁嫣然的桃花，铺满尘世的每一个角落。我在烟花三月翻开这部时光书简，读桃之夭夭，灼灼其华。看桃花开遍陌上，将春天藏在心里。

《诗经》里的鸡鸣

清晨,在宏村的小巷里漫步,几枝粉白的杏花从斑驳的墙壁上探出头来,一条小溪自家门前流过,燕子斜飞,流水潺潺,阡陌小巷,鸡犬相闻。我不由得想起《诗经》里的鸡鸣。

女曰鸡鸣,士曰昧旦。子兴视夜,明星有烂。将翱将翔,弋凫与雁。

弋言加之,与子宜之。宜言饮酒,与子偕老。琴瑟在御,莫不静好。

鸡初啼的清晨,一弯晓月还在天空,听见几千年前一对小夫妻的窃窃私语,充满生活的情趣。妻子说,天亮了,公鸡都叫了三遍,你快点起床去打猎。丈夫赖在温暖的被窝里,迷迷糊糊地说,天还早呢,让我再睡一会儿。让一个人从温暖的被窝里早早爬起来,是多么残忍的事情。

她温柔地劝着，你起床看看天色，启明星那么明亮。你快去打一些野鸭子回来，我为你做一桌的美味，有酒有肉的日子多好，我愿意一辈子和你在一起。一对平凡夫妻，一粥一饭里的亲情，都是人间烟火的暖意。

宜言饮酒，与子偕老。琴瑟在御，莫不静好。《诗经》中数次写到"与子偕老"。"执子之手，与子偕老"，在闽南，很多人就将妻子唤作"牵手"。我与你牵手，从此相依相伴，朝朝与暮暮。

张爱玲说，"执子之手，与子偕老"，是最悲伤不过的诗句。可是，我说，"执子之手，与子偕老"，是人间最温情最美好的画面。

童年在乡下，祖母养着一大群鸡，天刚蒙蒙亮，大公鸡就雄赳赳地站在围墙上打起鸣来。成年后，迷恋齐白石老人笔下的公鸡，它们一个个精神抖擞，器宇轩昂，画上题名：百吉图。

此刻，我想起画家马克·夏加尔的一幅作品，画中是他与新婚妻子贝拉相拥在一起，窗外有一只健硕的红公鸡，伸长脖子冲天空中一丝金色的光线鸣叫着。窗内的人儿一定暗暗抱怨，大公鸡天不亮就叫，真让人心烦。

夏加尔在传记里写自己第一次见到贝拉的情景："只要一打开窗，她就出现在这儿，带来了碧空、爱情和鲜花。从古老的时候直至今日，她都穿一身白裙或黑裙，翱翔于我的画里，照亮我的艺术之路。"她来了，来到夏加尔的生命里，做他温柔的爱人。那一刻，整个世界都变了，天空变了，季节变了，春天来了。

在贝拉去世40年之后，暮年的夏加尔画着一身洁白衣裙的贝拉，梳着一袭长发，和他一起漫步。远处是故乡的维台普斯克小城，他依然牵着贝拉的手，一生一世，不曾分离。

什么是爱情？原来是一对有情人牵着手，在星星和月光下漫步。漫长的60年过去了，故乡和爱人在他的画里，一切从未改变，一切从未老去。他的画里藏着他的爱情，那么温暖人心。再也见不到的爱人，永远活在他的画里。

《诗经》三百篇，最迷人之处，就在于写男女情爱，简洁不芜,不蔓不枝,有朴素洁净、贞静端然之美。

世间温暖你我的,除了爱,还有什么?无论岁月如何变迁,世间最美好的爱情,无非是琴瑟和鸣,患难与共,只要有你在身旁,就不怕风霜雨雪,不怕光阴老去。

闲 逸

闲逸,是艺术创作必需的气质,也是一种心境。闲,是陌上赏花,月下听琴,花间对酌,雪中赏梅。凡是雅致和有情趣的事,往往都来自一份闲情。

写散文要有一颗闲心,一份闲情。闲,是不追赶,不慌张,不急促,不紧迫。闲,对于写作者,是心之自由呼吸。闲,是不为写作而写作,不为功利而写作。此时的写作者,似闲庭漫步的仙鹤,悠然自得,风姿摇曳。

读《浮生六记》,陈芸用扁豆和竹篱笆做了一扇活的屏风,盆中种植了藤本植物,可以在竹屏格上蜿蜒生长。不久,绿意葱茏,即使深秋,也绿意盎然。若将屏风摆在院中,人坐其中,仿佛身处碧绿的原野,真是妙不可言。这扇可移动的活屏风,令夫君沈复赞不绝口:"有此一法,即一切藤本香草随地可用。"难怪作家林语堂曾称赞：陈芸，是中国文学史上一个最可爱的女人。陈芸是一位有情趣的娴雅之人，有一双探索美的眼睛。

《浮生六记》《闲情偶记》《幽梦影》这些古籍成就了一代大家。林语堂、梁实秋、周作人，哪一位不是站在这些清雅的文字上摘到了星辰？林语堂曾为金发碧眼的西方人讲东方情调的生活方式，只引用《幽梦影》中一句"花不可以无蝶，山不可以无泉"，一时间倾倒多少西方读者。那么清雅的文字，自有一份闲逸的气质，天然去雕饰，如空谷幽兰，古意横流，诗情悠悠。

如今的人们，似红尘中的蝼蚁，匆忙的身影里，怀揣着一颗焦灼浮躁的心。有人说，等我有钱了，也闲情逸致去。其实，闲逸之情只和心灵有关，与金钱无关。

齐白石作画时，曾题画云：白石老人心闲气静时一挥。沉静、闲逸、寂寞，是艺术创作必需的气质。他是一个远离功名浮躁的闲逸之人，一颗心在草木山水间，一活就是近百岁。

年过花甲的老师对我说，20世纪90年代的一天，他听说北京的中国美术馆有罗丹雕塑展，便连夜从西安乘火车去北京看雕塑展，火车票买不着卧铺，就坐了十几个小时的火车硬座到了北京。进了中国美术馆一看就是一天，从早晨开馆到下午闭馆，看得痴迷陶醉，废寝忘食。为了看一趟展览，花掉了他一个多月的工资。那时，他每月的工资约两百元。我问他：值得吗？他说，喜欢就值得。是的，喜欢就值得，懂得就值得。只有真性情的人，才会不远千里乘火车去看一场大师的雕塑展。

闲了，翻看丰子恺先生的文章和画，懂得了闲逸之美。抗战期间，他带着全家迁往重庆郊区的一座荒村，物质贫瘠，生活困顿不堪。可是，一家人种豆种菜，养鹅养鸭，自得其乐。他养着一只大白鹅，称它为"鹅老爷"。那篇《大白鹅》的文章，至今读来，风清月白，闲淡清雅，写尽荒寒生活中的乐趣，令人忍俊不禁。他写道："鹅的步调从容，大模大样的，颇像京剧里的净角出场。"我猜想，丰先生作画累了，就倚在窗前看白鹅吃饭，"鹅的吃饭，常常使我们发笑。一日三餐。它需要三样东西下饭：一样是水，一样是泥，一样是草。先吃一口冷饭，次吃一口水，然后再到某地方去吃一口泥及草……但它的吃法，三眼一板，丝毫不苟……这样从容不迫地吃饭，必须有一个人在旁侍候，像饭馆里的堂倌一样。"白鹅的憨态跃然纸上，仿佛一个顽皮而倔强的孩子。

丰子恺于乱世中读书作画,种豆养鹅,在困境中保持文人优雅、闲逸的心态。生之乐趣和闲散,就在淡定从容、妙趣横生的文字里。

闲情,是三月间看桃花开遍陌上,听杜鹃鸣,什么也不做,什么也不想了。也是偷得浮生半日闲,邀三两知己,去水边品茗。有时,从午后一直坐到日暮黄昏,不知不觉,一弯新月爬上柳梢。人散去,一回头,仿佛看见丰子恺先生那幅画《人散后,一钩新月天如水》,只见天空新月一弯,竹帘半卷,竹椅几把,桌上茶杯几盏,就是不见一人,却有着说不出的意境。

闲逸的文字里,有一颗自由的灵魂。天性自然和温暖,如秋天的果子,丰盈饱满。文字不端架子,让所有的限制都解甲归田。文字才有了灵性和飞翔感,有了"此中有真意,欲辨已忘言"的余韵。

其实,闲情逸致的人也一样。

我追求自己的文字里有一份闲逸之美,学做一个优雅之人,气定神闲,淡定从容。

真

读民国的老课本，其中写道："人之操行，莫先于无伪。"这是告诉孩子们做人的道理：去伪存真。不虚伪，不矫情，不妥协。心头想，纸上语，世间行，始终如一，人能永葆一颗真心，是多么难得。

一本老课本，上至做人修养，下至草木清流，鸟语花香，生活常识，人性温暖，栩栩如生。它仿佛一泓清流，照见百年前的世道和人心。

世间的书法名作大多是草稿，皆是书法家真性情的流露。

比如王羲之《兰亭集序》，颜真卿《祭侄文稿》，苏轼《寒食帖》，被称为"天下三大行书"。三幅书法珍品，字迹大小不一，涂改无数，可是，笔随心行，自在洒脱，行云流水，一气呵成。行草美学是不能重复的，连书法家本人也无法重复。因为，真正的好书法是看得见灵魂的。书写的一刻，是字和心境高度的默契和融合。

翻阅苏轼的《寒食帖》，笔墨酣厚，苍劲沉郁，饱含生命的凄苦悲凉。苏轼因"乌台诗案"被贬荒僻之地黄州。曾经少年得志的苏轼，春风得意马蹄疾，一日看尽长安花，45岁那年瞬间跌入生命最黑暗的谷底，人生的繁华仿佛是一场梦境。看尽世态炎凉的他，写下"君门深九重，坟墓在万里。也拟哭途穷，死灰吹不起"。他把人世的苦楚和艰难都慢慢咽下，虽穷困潦倒，前途渺茫，可是，他依然怀抱磊落，不肯随波逐流。

苏轼中年之后被朝廷一贬再贬，从黄州到惠州，再贬至更远的儋州（今海南），一次比一次荒凉偏僻。可是，他还能和渔民、樵夫把酒话桑麻，"自喜渐为人不知"，没有谁想到这位贫困交加、脚穿草鞋、衣衫破旧的人，竟是大诗人苏轼。

他一生最好的作品都出自45岁之后，都出自命运坎坷的流放岁月。"大江东去，浪淘尽，千古风流人物"；"拣尽寒枝不肯栖，寂寞沙洲冷"。一颗心经历霜严雪寒，颠沛流离，才寻找到生命真正的意义。苏轼的诗词和书法上升到另一个开阔豁达的境界。正所谓返璞归真，作品是，人生也是。

有人说，好文章是直见性命，其实，好书法更是直见性命。

八大山人朱耷有一句诗："墨点无多泪点多。"自古至今的好文章，皆是血泪所成。真情到了，笔意也就到了。无论书法还是作文，其实全无章法，艺术大美，就是毫无修饰的一腔赤诚。

有一天，和十岁的儿子聊天，我问他，一篇好文章的标准是什么？他想了想说，要写真话。说得多好！

好文章一定有真情实感。孙犁先生谈写作时说，修辞立其诚。意思是，修辞的目的，先是立诚，然后才是修辞。只要是真诚的感情流露，不用修辞，不用华丽的辞藻，就有感人的力量。

优秀的作品不论雅俗，只关乎真，不浮夸，不做作，不媚俗。作品失去了真，就谈不上善和美了。好文章是"清水出芙蓉，天然去雕饰"，也是溪水映桃花，素面相见。其实文字和植物一样，朴素之美才是大美。

内心纯净的人，文字自然干净。一个圆滑世故的人，是写不出好文章的。

好作品里藏着一颗赤子丹心，她一清如水，甚至超越悲喜。

有读者问我，写作需要技巧吗？我说，需要，但是，再娴熟的技巧都抵不过文字里的一份真情。

真，那一点弱弱的真，对于文学、书法和做人修养，都是那么动人心魄。那是作品的灵魂，也是人的灵魂。她犹如心头的一轮满月，映照在心里最柔软的角落，无论她在哪里，只要有一颗赤诚的心，就能找到她。

编辑随感

编辑,是检阅文字的人,也是守护汉语之人。你我应当热爱与敬畏我们的汉语,因为她是那么诗意与美好。以下是我日常工作时的编辑随感,与大家共勉。

一

写作任何题材的文章,不要用过于冗长的句子。

鲁迅先生说:"竭力要将可有可无的字、词、句删掉,毫不可惜。"其实,干净、简洁、朴素的语言比华丽的辞藻更能打动人。

删繁就简,是语言表达的至高境界。

文字和植物一样,朴素之美,才是大美。

二

写作新闻与文学作品时，尽量不用"口头语"，除了写小说中人物的对话。学会使用"书面语"，让语言更准确、优美、生动、有诗意。

写作也是体验汉语之美。

三

在语言的运用中，不要随意编造一个新的词语或成语。如果拿不准是否有这个词语，随时查阅字典和词典。比如：打亮，应改为照亮。

四

写作时不用生僻字，尽量用普通易懂的词语。写作不是卖弄与浮夸，而是真实、准确地表达自己的思想与内心的感受，让读者能读懂你所表达的意思。

五

注意这些同音字、词语的用法：的、得、地；副与幅；犹与尤；做与作；治与制；装潢与装璜。

六

写作者要有一颗敬畏文字的心。

幼年时在乡下，看见写字的纸片，祖母总是捡起来放在炉火中烧掉，不让我随意乱扔。祖母说，纸上有字。作为一个中国人，应当热爱我们的汉语，她是那么诗意与美好。

一篇文章写好后，多放几天，多校对几遍，多打磨几遍文字，再投稿。

写作的过程就像江南人家酿造的一坛女儿红。经过时间的发酵、酝酿、冷却才能酿出好酒。文章也是。

七

写一篇读书随笔，应谈谈这本书如何感动和启发了你，如何引起思想的共鸣，要有较为深刻的理解和反思。切记：引用的原文不能过多。

写游记散文，不能写成一处景点的解说词，要有自己的独特视角，写出自己最真切的感受，忌人云亦云。

八

如果写散文，尽量不用口号式的语言。

作者来稿中，常遇见一篇散文写得像新闻稿，没有散文的味道。写散文和新闻稿最大的不同是语境和语感，两者区分开来，能运用自如，但是很不容易。

九

散文写作，要注意语言的节奏感，读起来朗朗上口，意境优美。好的散文，有音律之美。

十

有作者发来几篇不成熟的文章，请我修改和指正。

请你逐字逐句修改，没有错别字和病句，语句通顺，标点符号使用准确，再来投稿。作品就像刚出生的孩子，请把她打扮得干净整齐、漂亮优雅一些，再带她见外人。

作者大都有一种通病，作品是自己的孩子，只觉得自家的孩子好，好得挑不出毛病，也不希望有毛病。

作家沈从文的小说《边城》短短七万字，修改了半年之久。

正所谓：文章千古事，得失寸心知。

十一

有人问罗丹：雕塑的诀窍是什么？

罗丹说：把多余的一切凿去。

散文写作何尝不是这样？作者经常表达得太多，而不是表达得太少。

好的散文不是将话说尽，而是要讲究留白，如一幅水墨丹青，留下让读者回味与思索的空间。

十二

厨师最怕做素菜。因为素菜,最能检验一个厨师的手艺。

其实,写作也是。

好的散文如同一棵大白菜,要炒一盘白菜,不放味精,又素又鲜,保持白菜本身的滋味,不易。

当然,让一篇散文读起来且素且鲜,有青草的气息,露珠的晶莹,泥土的芬芳,更不易。

十三

读作者怀念故人的文章,情感的宣泄如江河万里,没有节制。

人的情感是私密的,也有共性。但是,感同身受者毕竟不多。你的感受只是自己的,落在纸上终觉浅。

其实,怀念一个人的好作品也是有的,如苏轼、巴金、孙犁等人的诗与文。至今读来,仍情真意浓,感人至深。感情的抒发与宣泄要有度,有节制。有时,含蓄、隐忍、不动声色的书写更有深沉而感人的力量。

十四

坚硬的心灵是写作的大敌。

在如今电子媒介时代，人们的猎奇心、审视丑的心比比皆是，然而审视美、寻找美的心灵尤为可贵。

十五

文字如果是一粒沙，优秀的作品就是一串串珍珠，好作品是用心血细细打磨出来的，将沙粒打磨成一颗颗珍珠，赋有灵气与美。

十六

如果你喜欢写作，愿你一生拥有一颗敏感、诗意、年轻、悲悯的心，常常被世间的美与真情所感动。

倘若你有一颗容易被感动的心，你就是一个天性温暖、心中有爱的人，你离艺术更近了一步。

愿我们用文字滋养人生，爱这世上值得爱的一切。

第三辑
以少为美

以少为美

　　暮春，在扬州个园游览，园中曲径通幽，翠竹摇曳，清幽宜人。原来主人喜爱竹，取名个园，"个"乃半个"竹"字，诗意幽幽，爱竹成痴的主人，懂得以少为佳。个园，也深谙东方文化的审美和意趣。

　　午后，看冯杰老师的画作。一枝结子的莲蓬，墨色的，宛如一只蜂巢。莲蓬上画一只红色的小瓢虫，仿佛在静静听着风声、雨声、蝉鸣、落花声。画上大面积留白，笔墨极少，有静谧优雅之美。唯一的那枝莲蓬立在夕阳下，此画取名《聆听巢之音》。

　　冯杰笔下的莲蓬，藏着露珠、雨声、蝉鸣、花香，藏着祖母的背影和我回不去的童年，藏着我对故乡的一缕乡愁。

　　静夜，在灯下读古人的帖。帖，是书法家写给朋友的便笺。读王羲之的《执手帖》，只有二十字。他写道："不得执手，此恨何深。足下各自爱，数惠告，临书怅然。"

只有短短二十个字，意思是说，我很想念你，不能执手相看，只有各自珍重。思念成湖，情深似海，小小的帖写尽王羲之与友人之间温暖的情意。如今读来，依然感人至深。

我喜欢白石老人的《柳牛图》，寥寥几笔，简洁有力，却春意盎然，富有情趣。一头黑色牛背对着你我，浑圆的大臀部后甩着小小的牛尾巴，黑牛站在柳树下，歪着头望着青青的柳枝，静静听春风拂过树梢。

几笔淡墨，这头胖胖的黑牛就添了牛口、牛角，牛的头上独独只画一只牛犄角，细细品来，若画两个犄角就不妥当了。此刻，白石老人将牛伸着脖子、歪头望着柳枝的神态画得憨态可掬、惟妙惟肖。远处是低矮的山坡，一笔画山坡，几笔画柳枝，笔墨极少，却和黑牛如此相称。

艺术到了一定境界，是以少为美，以简静、洗练取胜。

深秋的清晨，行走在京都的小巷，青石铺地，见几户人家的粉墙外种植三两枝翠竹，如一幅宋代的水墨丹青。秋风飒飒，青竹潇潇。

黄昏，流连在京都清水寺下面的小街，在一家名叫朝和堂的店里，有雅致的怀柄纸，这是古代文人写诗和书信的便签。洁白的宣纸上点染几片红叶，红枫极少极小，大面积留白，素雅之极。另一张信笺上落着三两片淡粉的樱花，也是极小的几片，留白处正好写书信，令我爱不释手，连忙掏出荷包买下。如果给远方的好友写信，簪花小楷，落在诗情画意的信笺上，自有几分清雅和古意。

老子曾说："五色令人目盲；五音令人耳聋；五味令人口爽；驰骋畋猎，令人心发狂。"如今物质丰盈的时代，我们总是因为吃得过多过饱，忘记去细细品味食材本身的滋味。

想起童年过年时，祖母会做一桌美食。我常常吃得太多，几天不想吃饭。白发的祖母对我说，以后要记得，多食滋味少，少食滋味好。如今的我们，欲望与贪念太多，常常心浮气躁。

到了中年，慢慢学着做减法，才懂得以少为美的道理。"少"，原来是教会你我懂得知足与惜福。

弘一法师有一幅书法，只写两个字：知止。"止"字，在甲骨文里，是一只小鸟合上双翅，静静停歇在枝头上。品味弘一法师的"知止"二字，有自律和自省之美。知止，不要了，知足了。他的后半生将人世的名利、财富、繁华、虚荣全都舍弃了。

记得在苏州的拙政园，见一孔月亮门上镌刻着四个小篆：得少佳趣。细细读来，滋味悠长。中国古典文化的自省、简约、节制之美都在几个美好的汉字里。

在这个喧嚣浮华、物质丰盈的时代，我们拥有的其实不是太少，而是太多。

得少佳趣，说得多好。少，才能品味出人生的大滋味。

冬月令

冬日走进山林。清冷的空气中,群山萧瑟,寒林静默。天地之间一片寂静,远处有一棵大树,枝丫遒劲,繁华落尽,没有一片树叶。分外庄严肃静,有清凛之美。那棵树像是一个人的暮年,心怀冰雪,风骨铮铮。此刻,山川寂静,灵魂安然。

太阳暖暖地照着,偶尔有几只山雀在枝头飞过,划破明镜似的碧空。

清清溪流旁长着几棵柿子树,枝头还有几片殷红的树叶,一夜北风紧,树上的叶子将要落尽,一枚枚红彤彤的柿子挂在枝头,仿佛亮着几盏小红灯笼。阳光和煦,天空湛蓝,红红的柿子树上站着黑色的小鸟,低头细细品尝柿子甘甜的滋味。

柿子树的叶子,在寒风中一日日红了。初冬,在日本京都的一家旅馆小住数日。穿和服的女子,笑容温婉,端庄美丽,她捧来的怀石料理中有一道美食就和柿子叶有关。木质雕花的托盘里,一碟鲷鱼配着一片殷红的柿子叶、一片金黄的银杏叶、一枚黑黝黝的松果一起捧给你,仿佛品味人间一季冬色。不由得惊叹,美食原来也是艺术品,那典雅与诗意浸透在美食与季节里。

走在阡陌小径,见一个个健硕的红萝卜、一排排的大白菜立在泥土里,《诗经》里的大白菜有着优雅的名字——菘,端丽清雅,"秋末晚菘"乃是秋冬时节的美食。

初冬时节,落了小雪,寒意袭人。在早市上买了两根猪排,配着大萝卜,用慢火在砂锅里慢慢炖着。午饭时盛一碗,撒上几粒青翠的小葱,味美自不言说。一粥一饭,也是俗世红尘中的踏实与暖意。一棵萝卜,一碟白菜,真是一素抵天下。

粉墙黛瓦的小屋旁有几树红梅开了,暗香浮动。有风拂过,人走出很远,寒香还是萦绕过来,沁人心脾。门前有老婆婆怀抱着婴孩在晒太阳,竹篱笆墙边有两只猫卧在那里酣睡,一只小白狗摇着尾巴跟在老人身旁,几只大白鹅高昂着头,在梅花树下悠闲地散步,宛如一个个诗人。

此刻，令我想起丰子恺先生的画《冬日可爱》。画的也是冬日午后，一位老爷爷坐在门前的竹椅上，穿着厚厚的棉袍，戴着黑色的棉帽，一双手抄在棉袍袖子里取暖。他身旁的矮凳上坐着五六岁的小男孩，小男孩穿棉袍，戴着一顶红棉帽子。他学着爷爷的样子，也将手抄在袖子里取暖。爷孙俩静静的，不说话，相伴着一起在冬日里晒晒太阳。

爷爷的脚下蹲着狗妈妈和小狗，门槛上卧着一只猫，懒洋洋的。不远处的草丛里，母鸡领着一群小鸡在觅食，大白鹅伸长了脖子"嘎嘎"地鸣叫着。悠远的时光，绵长的日月，温暖的画面，我仿佛一瞬间回到白鹿原上的童年。

冬天来了，都有朔风、雪花、暖阳、老人、孩子、小狗、鸡鸭、草木生灵，人与天地生灵相依相伴着，怡然自得，其乐融融。每一个冬日都那么可亲可爱、可感可怀。

一壶梅香到天明

午后落雪了,大雪纷飞,天地间一派素净。围墙边的红梅开了,疏影横斜,清香浮动。树干上落雪堆积,想起齐白石老人的画《几树寒梅带雪红》。

雪夜里读闲书,听雪落寒窗。翻开冯杰的书《泥花散帖》,见几幅小画。四只红彤彤的大柿子端坐在雪地上,像喝醉酒的罗汉,喝红了脸,连脖子也红了,画上题名"四世同堂"。画里的柿子拙笨、素朴、憨态可掬,一脸喜气,仿佛过年时喝醉的一家人。

文中写道:天下画柿子的人多多。如果不以名分才气论,只按画柿子个子的大小往下排,"柿子座次"一定是这样排法:计有吴昌硕、齐白石、虚谷、赵之谦、潘天寿、冯杰。看到这里,我忍不住笑了。

冯杰的画传承了"画宗"白石老人的简约和清雅。

画里的雅趣却是他的，一幅小画配上一行小诗，小诗其实是画的眼睛，耐人寻味。我看了又看，不禁莞尔。

冯杰喜欢画白菜和萝卜。清水淡墨，黑白相间的白菜水灵灵地卧着，身旁配着一只红艳艳的萝卜。画上一行拙朴的书法：一素抵天下。或在几棵大白菜旁题写：且素且鲜。细细品味，我认为不只是在写白菜的滋味，似乎在写一篇好散文的味道，那是白纸落素心，且素且鲜。

古人说，春初新韭，秋末晚菘。那棵《诗经》里的"菘"，就是一棵翠生生的大白菜。小时候听祖母说，白菜萝卜保平安。记起童年时过年，丰盛的菜肴端上八仙桌，最后压轴的一定是盛在大瓷盆里的排骨炖萝卜白菜。日暮大雪天，压枝玉皑皑。屋内欢声笑语，暖意融融，三杯两盏淡酒过后，喝一碗热气腾腾的汤，心中一瞬间温暖如春。

任光阴流转，白菜萝卜依然是乡下过年时的美食。

一棵白菜和一个胖墩墩的萝卜，在大师的笔下皆可入画，白石老人的白菜，王雪涛先生的萝卜，还有冯杰的白菜萝卜，真是大俗乃大雅。

我喜欢冯杰的《大吉图》，画上一只大公鸡，火红的鸡冠挺立着，一双小眼睛圆睁，黑亮亮的尾巴高高翘起，一双大脚遒劲有力，分外有气势。寒风呼啸的清晨，太阳刚刚露出笑脸，它站在墙头上，迎着朝阳打鸣，多神气！

另一幅画里，一只小胖猪，嘴长，通身黑色，脸儿红扑扑的，胖胖的身子后甩着打卷的小尾巴。画上一行小字——"拱白菜时脸有点红"，把我给逗乐了。家乡有一句俗语："好白菜都让猪给拱了。"比喻一朵鲜花插在牛粪上，好女子嫁了赖女婿。那棵优雅的白菜就是那个秀丽娴雅的女子啊。

冯杰的书画散淡拙朴，清淡出尘，处处洋溢生命的乐趣。他以千字文描摹一个场景，一种中原的食物，一草一木，清气流淌，语言出奇地质朴、简洁，简约处闲闲几笔，似一幅水墨丹青。

他是一个把生活与人生活得通透的人，字里行间，逸笔草草，令人迷恋。读他的书，心里分外欢喜，读着读着就忍不住抿着嘴笑了。偷偷乐了的人，都是读懂他的画和文章的人啊！

冯杰散文里写中原的一菜一蔬，野草闲花，清淡有味，皆具灵性。散文中有梁实秋的余味，有汪曾祺笔下的神韵。他的书要慢慢读，细细品，画里有文，文里有画。我认真读过他的几本书——《泥花散帖》《说食画》《九片之瓦》《野狐禅》，皆是他自己的性情，自己的眼界，自己的才情，自己的学识，无人可以模仿。他怀揣着一颗草木之心，字里行间洒脱天真，大俗大雅之间，更有大境界，颇得文化雅趣和艺术之美。

冯杰的散文和书画充满生活的情趣和闲逸之美，还有滚滚红尘中一点邪气和清气。比如，两三枝红梅插在瓶中，梅下一壶茶。不知是什么茶，画上题诗：一壶梅香到天明。诗情画意，余香袅袅。

画里画外，皆是春意。

留　白

中国水墨画讲究留白。留白处是天空、云朵、大海、皑皑的积雪，给人以无限的遐思，意蕴深长。

西方画正好相反，不讲究留白。读东山魁夷的画，画面中湖水，落花，森林，山峦，无一例外，被无数色彩铺满，如此纯粹、忧伤、静美。此刻，用任何语言来解读他的画，都显得那样苍白无力。

欣赏齐白石老人的一幅画《几树寒梅带雪红》，这是老舍先生给老人出的一道难题：用诗人苏曼殊的一句诗作画。画中两截黝黑粗壮的枝干忽然间断了，与其他枝干没有连接，显得很突兀。几枝红梅在严寒中怒放，剪雪裁冰，一身傲骨，隐隐还有暗香袭来。细想一下，这两截树干没有画下去，空白的地方不就是皑皑的积雪吗？千朵万朵压枝低，不画白雪，只画树干几枝，留白处就是白石老人笔下的雪，漫天大雪，一个银装素裹的世界，令人拍手称奇。这就是中国画的神韵，也是古老东方的意境之美啊。

爱情也要有留白。沈从文先生写过：爱情是半开的花朵。说得多好。半开的花朵，还没有完全盛开，含苞待放，欲说还羞。盈盈一水间，脉脉不得语。那是女子的豆蔻年华，等到花儿全开了，就没有了悬念，没有了猜测和遐想，没有了悠长的回味。

两个人仿佛隔着清晨的薄雾，他看不清她，只远远地看着，如隔岸观繁花，心里想着她，心头的花开了，魂牵梦绕都是她。

爱情里的留白，原来也是剪不断、理还乱的相思。

爱情一旦落在婚姻里，仿佛做一场了无痕迹的春梦，一瞬间清醒了。可是，世间的爱情，只有落在柴米油盐、一粥一饭里，才有了人间的烟火气，有了踏实的温暖。半开的花朵是远在云端的爱情，那一刻也只在"人生若只如初见"之时。

其实，婚姻里也要留白，再亲密无间的一对夫妻，一定要留出两人精神世界的空间来。夫妻间容易做到不离不弃、相濡以沫，但是，能做到比翼双飞、举案齐眉的却很难。胡适先生谈到夫妻相处时，曾说过一句格言：久而敬之。所谓敬，就是尊重对方独立的人格和尊严。她是你的妻子，但是，她永远是一个独立的人。是的，一个有独立思想和人格的人，才是有魅力的人。夫妻之间只有相互欣赏、相互体谅，精神世界里才能做到琴瑟相合、肝胆相照。比如，作家钱钟书和妻子杨绛，一代名士张伯驹和妻子潘素。

　　读书也要有留白，留得闲逸和散淡。一卷书在手，随读、随记、随忘，那是读书的另一个境界。五柳先生说："好读书，不求甚解，每有会意，便欣然忘食。"看来，不求甚解，乃是读书的真趣，也是读书时的留白。初次读书时囫囵吞枣，忘乎所以，过些日子，再翻开来细读，一瞬间，柳暗花明又一村。留白，就是留下思考和回味的时间。

　　荷花盛开的季节，我在苏州园林里流连。恍然明白，苏州园林的建筑处处讲究留白。原来，只有胸中有山水的人，才处处留白。

　　苏州园林，是中国文化对季节最敏感的诠释。见拙政园里有一副对联："爽借清风明借月，动观流水静观山。"一处水榭，一座亭台，一扇花窗，一条回廊，仿佛一阕宋词，一首唐诗，诗情和画意痴痴缠绕。苏州园林，移步换景，人如行走春夏秋冬间，有清风明月相伴。园林里没有一处荷塘、回廊、亭榭是对称的，处处有留白。留园里有一座小亭，名可亭。意思是可以停下来，静静欣赏山水的小亭。可亭，夏可赏荷，冬可观雪。它还有另一层意思，是可心和美好吧。

有些美一直藏在意念里，不可说，不可诉，仿佛一开口就意味尽失。这就是苏州园林的美，留白的美，艺术的美，文字的美。

再美好的东西，都要有留白。水满则溢，月盈则亏。好文字不会写得太满，也不可以把话说尽。

花未全开月未圆，就是人生最好的境界。

人只有渐渐年长，才会懂得节制、自省，也懂得了留白之美。

蓝

蓝色，是艺术世界里沉静、优雅、深邃、朴素的色彩。

蓝色还有着一丝清幽和淡雅的美，仿佛是一缕诗魂，令人想起大海的蓝，天空的蓝，晨雾的蓝，炊烟的蓝。

画家东山魁夷，是日本著名的风景画大师，他最善于用蓝色表达自己眼中大自然的美。

喜欢他的一幅画《晨静》。清晨，淡蓝的轻雾中，一丛丛郁郁葱葱的树林，静静立在湖边。静寂的群山、树林，都用了淡蓝、淡青、深蓝，铺满了整个画面，越发显得清晨宁静和安详。那些远山、丛林、微澜，都有无言的柔情。有风拂过林海，几只白色的鸟儿站在枝头上。大自然安然、宁静的气息一时间向你袭来。画中深浅不一的蓝色是冷色调，它含蓄，静谧，恬淡，弥漫着淡淡的乡愁和忧伤。

他的另一幅画《漓江月明》，是20世纪70年代来中国桂林游览时创作的。

远山如黛，江水微澜。漓江的群山，在他的笔下秀丽而温情，山并不冷峻，也不陡峭，但奇峰罗列，千姿百态，如驼峰、骏马、白鹿、翘首企盼的女子。画中湛蓝的天空挂着一轮圆月，并不明朗的月色，有着朦胧之美。如水的月光照着青青的群山、茫茫的江水，深蓝色的苍穹与湖水融为一体。此刻，天地万物都缄默不语，唯有虫鸣如流水。隐隐的，月夜里传来清远的笛声，似燕子掠过明澈的江水。画面上铺满了淡蓝、深蓝，没有一处留白，山川寂静，水波如镜，灵魂安详。站在他的画前，浮躁的心一瞬间沉静下来。

原来，蓝色在画家笔下，竟是如此饱满而神奇，他画出了明月如镜的漓江，一种安详和大美。

东山魁夷曾说：我就这样徘徊在"蓝色的世界里"，这个世界各种色彩在变化，除了亮度差、色度差的变化，还因时代、民族、艺术家的个性的不同，呈现出斑斓的模样，我感到这是一个苍茫无垠的世界。

他的风景画和中国的水墨画有着天壤之别。中国水墨画讲究留白,但他的画总是铺满了蓝色、青色、群青、灰绿——从不留白。读他的画,人似乎一瞬间跌入幻境,画中的景物,带着梦一般湿润、清幽的气息。美到极致的东西,往往都是不着一字,令人沉默无言的。几乎每一种解读,都让画的意蕴尽失。不可说,不必说,都在画里。

青花瓷是中国瓷器中的绝响。釉下蓝,白釉蓝花,东方文化的清雅、简约、朴素、端庄的美,都凝结在一尊青花瓷里。

在博物馆欣赏清代的青花瓷。用东山魁夷的话说,中国青花最具有东方的特色,最具有东方的性格。初见一尊青花瓷,像是遇见江南水乡采莲的女子,她穿着一袭蓝花裙,亭亭玉立,清丽脱俗,袅袅婷婷从石桥上走来。

她温润如玉,娴静寡言。她不张扬,不华丽,但洁净、素雅、冷艳,有无以言说的贞静之美。

古人说,青出于蓝而胜于蓝。青花瓷中最为珍贵的就是天青釉瓷,乃汝窑中之珍品。那位极具才情的皇帝宋徽宗题诗:"雨过天青云破处,这般颜色做将来。"此时瓷器的天青色，就是青如雨后的天空，云开雾散之时，淡蓝的天空里出现一丝霞光。而在光线暗淡的时刻，瓷器青色中泛着微微的蓝色，宛若一泓清澈的湖水。听说，古时的匠人们烧制这样的瓷器，都要在雨过天晴之后。好像在期待一段绮丽的爱情，要在云破日出，雨过天晴之时，等待峰回路转，柳暗花明，你才能遇见一生要等待的人，这一切几乎都是天意。

青花之美，美如碧玉。像一位中年的女子，历经生活炉火的锤炼，渐渐将心向内收拢了，典雅沉静，淡泊安然。一尊青花，暗合了古人对艺术审美的最高要求。能将蓝色运用到炉火纯青的地步，唯有中国的青花瓷吧。

风清月白的夜，读林徽因的诗歌《那一晚》。"那一晚我的船推出了河心，澄蓝的天上托着密密的星。那一晚你的手牵着我的手，迷惘的星夜封锁起重愁。"字字如明玉，心心念念。这是一位才情非凡的女子，爱的惆怅和清愁，令人的内心无比柔软。

原来，最美的情诗是蓝色的。因为，诗里有薄雾一样的清愁，梦境一般的美好，湖水一样的深情和忧伤。

孤 独

春天里,我最喜欢看林风眠先生的画。因为他爱画小鸟,翠绿的枝丫上,蹲着三三两两的小鸟,伸着黑黑的大脑袋,椭圆的树叶和鸟儿的身体相互融合,仿佛听见春风中几声清脆的鸟鸣。另一幅画,一只小鸟站在枝头上,歪着头,一只眼睛似睡非睡,沐浴春风。有时,又觉得那只小鸟是寂寞的,独自站在碧绿的枝头,听风,嗅着淡淡的花香进入梦乡。

那只小鸟多像是一个人,独自在春天的林间沉思、冥想,回忆从前。

春风沉醉的夜里,读林风眠先生的书。原来,他的故乡在广东梅县,幼年时,见族人们将出逃的母亲逮回来毒打,他躲在门后大哭,小小的他奋不顾身扑向母亲,用单薄的身躯保护着受欺凌的母亲……直到白发苍苍的暮年,他再也没有回过故乡,故乡有他抹不去的疼痛和悲伤。尽管，故乡的俊山秀林、野草繁花一次次出现在他的梦里，永远保留在他的画里。

他的一生竟都是孤单的，没有享受过多少家庭的温暖。成年后，他在法国学画，认识了第一任妻子，而后第一任妻子病逝，他又娶了一位法国女子，生有一个女儿。他一个人常年住在国内，妻子和女儿留在国外，多年也见不着面。他一个人煮饭烧菜，维持最简朴的生活。一个人在家里整天作画，一天连画几十张，甚至上百张，都不满意，于是，皆撕毁了，再画。

画家黄永玉在书中写道：一次去拜访他，当时正是"文革"刚结束，林先生平反出狱不久。推开门，见七八十岁的林先生抱着一个七八十斤重的煤炉进屋。那时，他一个人生活已经很久了，一位伟大的艺术家照顾着另一位伟大的艺术家。读到此处，令人无限感伤。

看他画中的仕女，穿白衣的女子坐在堂前，神情从容、安详静穆，无比圣洁。身边的瓷瓶里插着白色的花或是几枝寒梅，她们或是抚琴，或是凝神，端然、静美、素净之极，彻底绝了人间的烟火气。她们泊在画家的心里，一辈子，终难忘。我一直认为，她们是孤独的，她们代表了林风眠对女性美好的向往。她们或许是他的母亲,他的妻子,他的姐妹……无一例外,她们是那样的孤单、寂寞,却如梦境一般的美好。

孤独和寂寞是艺术创作必需的境界,它滋养了一代大师,也成就了一代艺术大师。

寒冬里,在中国美术馆看吴冠中先生的画,有一幅画名《逍遥游》,千丝万缕的线条铺满画面,桃红几点,柳绿几条,那些线条如裂帛,如急雨,如闪电,又仿佛柳枝在春风中肆意飞舞。可是,却有一个洒脱而诗意的名字——逍遥游。作画的时候,吴老已经 80 岁了,他的画意和情思不就是春风里的枝条,随意飞舞,潇洒、孤单、自我。用抽象的形态表现了大自然的律动和自己心里的感受,令人耳目一新。艺术从来都是我行我素,一意孤行。吴冠中一生徜徉在艺术的殿堂里,常常一个人外出写生,饱览名山大川,山中看云,舟中看霞,一走就是几个月。头戴草帽,面容憔悴,衣裳上沾满了作画时的颜料,多少天也不知道换一件干净的衣裳。不相识的人,谁会认出这样一位衣衫不洁、又黑又瘦的老人是大画家吴冠中呢?

《逍遥游》大概是他暮年作画时最好的心灵写照。在艺术的殿堂里,逍遥自在,从容舒展。如天空的燕子，无拘无束，自由驰骋。畅游在艺术的天空，孤独和寂寞就是最美的享受，那是一个人的盛宴，一个人的孤单，一个人的心醉。不要喝彩，也不要掌声。

只有内心宁静、淡泊如水的人，才懂得享受孤独的美和忧伤。

民国时期的一代名媛陆小曼，多数人知道她，因为她是诗人徐志摩的遗孀，她另一个才女身份完全被世俗遮蔽了。

她冰雪聪明，才貌出众，琴棋书画，皆信手拈来。她16岁精通法文和英文，翻译过《泰戈尔诗选》等，擅长昆曲……

看她年轻时的一帧黑白照片，一个人坐在桌前读书。一头短发，穿着素色典雅的旗袍，一串珍珠项链垂在胸前，那么文雅娴静。一位女子低头读书的时刻，连世界都安静了下来。

她29岁时，徐志摩乘坐的飞机失事，诗人遇难。此后，她再也没有穿过一件红色的衣裳。她生命中最绚丽灿烂的年华永远过去了，烟花一样的女子，一瞬间燃尽了韶华，连同她美好的爱情。

后来，她倾尽所有，陆续出版了《志摩全集》《志摩诗选》。中年的她洗尽铅华，提起一支画笔，寄情山水。她的山水画品格极高，寥寥数笔，远山、峭壁、流水、近处的树木，山寒水瘦，枯笔尽显，没有人间的烟火气息。连画中的人也是这样，孤单寂寞，寒意弥漫，如同她的人生。那些画再现她内心的足迹，寂寥、孤独、寒冷。

此时，孤独是一种境界。

她暮年时任上海中国画院专业画师，举办过个人画展。

读她写的《遗文编就答君心》，文风清丽，静气流淌。她在文中回顾了一生的情感，云淡风轻，从容安然，原来一切皆被原谅了。

寒风凛冽的季节，我在北京的护国寺胡同，看见梅兰芳故居，已是下午四点多。因故居谢绝参观，只好站在故居前拍了照片，因为这里曾经住过一位艺术大师。记得电影《梅兰芳》中的对白，他的朋友说："谁毁了梅兰芳的孤单,谁就毁了梅兰芳。"说得多好!不论哪一门艺术,要达到炉火纯青的境界,都不是哗众取宠,轻松自如,信手拈来的。只有甘愿忍受孤独寂寞,苦心锤炼者,才能成为一代大师。不论绘画、文学、音乐,还是戏曲,都是如此。

任何一门艺术,皆是超越功利和浮华的,到了一定的境界,都是向内而求的,那是一种内在的修炼。

春日里常一个人去江畔赏花。先是料峭春寒中的梅花开了,剪雪裁冰,一身傲骨,寒风吹过,暗香袭人。不几日,便是柳丝如烟,梨花似雪。等到桃花落了,此时樱花开得正艳,仿佛一个女子心中深藏的爱情,春风一吹,就被他深情的眼神一瞬间唤醒。狂热的,灿烂的,痴迷的,不顾一切开遍尘世间,只要他知晓她的心。

有时落了细雨,独自在江畔看落红翩翩,空中还飘着雨滴和几声鸟鸣,什么也不想了,一路看过去,就是境界。

我有一江春水,两岸繁花,并不觉得孤单。因为,内心饱满如繁花盛开的春天。

忽然明白了大师心里的孤独，他们的内心，已是繁花落尽后，枝头一枚坚硬成熟的果实，他们不为俗世所打扰，坚定、执着、孤单、一意孤行，内心却无比强大。

有些美好，是要一个人独自享受的。比如：孤独。

姑苏风情画

杏花春雨里，走进苏州平江路的友苏美术馆，看着一幅幅充满生活情趣的工笔人物画，瞬间被深深吸引。这些似曾相识的作品，不是网络上广为流传的谢友苏先生的作品吗？

画中三两对弈的好友，或凝视或沉思，神情生动，惟妙惟肖。树下打盹的白发爷爷，水边垂钓的父子，光着屁股的小儿，人约黄昏后的一对羞涩的恋人。人物笔墨细腻，表情幽默诙谐，使读者会心一笑，笑过之后，还有悠长的回味。

在美术馆巧遇著名画家谢友苏先生，和谢老师聊聊赏画的感受，短短十几分钟，如沐春风。谢先生儒雅温和，乃是江南的谦谦君子。我买了他的画册《江南人物志》，请他签名留念。

走出美术馆,坐在小河边的石阶上,看着漂在水上的小木船,听着木船"咿咿呀呀"的摇橹声,打开画集细细欣赏。风雅的姑苏城,枕河人家的人间百态、喜怒哀乐,都在画家的水墨丹青里。

《惊梦》这幅画中,阳光和煦的小院里,母亲脚下放着一盆清洗过的衣裳。她双手拧着湿漉漉的衣裳,竹竿上挂着红花的被单,竹竿的一头,一个五六岁的小男孩替母亲撑着竹竿。忽然,裤子滑落在脚踝上,露出白胖胖的小屁股。孩子一声惊呼,将竹椅上打盹的父亲从梦里惊醒了,戴眼镜的父亲睁着一双小眼睛惊诧地望着儿子,手中的书也掉在地上。小男孩的表情最为传神,他歪着大脑袋,双手用力撑住竹竿,张大了嘴巴,仿佛能听见稚嫩的声音:我的裤子!真是恬淡美好,一派天趣。想必赏画人和我一样咧着嘴乐了,多么温馨幸福的一家人,可爱的孩子,勤劳的母亲,读书的父亲,这分明是寻常人家最真实的写照。

画家以一支妙笔,画着尘世暖意、烟火人间。他笔下的人物分外生动传神,一幅画就是一个完整的故事,细细品来,妙趣横生,令人心生欢喜。

另一幅《祖孙情》中,白发如霜的爷爷坐在藤椅上,刚刚洗过脚。父亲坐在木凳上,怀里抱着老人的脚,他低着头,屏住呼吸,给老父亲修剪脚趾甲。头上留着一撮毛的小男孩手执一盏煤油灯,为父亲照亮。祖孙三代,一盏灯火,温暖感人的画面。一代代中国人,就是这样传承中华民族的孝道和美德。画上有诗:"一盏煤油火,三代祖孙情。"百善孝为先,孩子手中的那盏煤油灯,照亮祖父和父亲的脸,也映照着天下儿女的心。

《书中乐》中分明画了一位"书痴"。穿蓝布长衫的老人,跷着二郎腿,倚靠在床头读书。他坐拥书城,枕边是书,书架是书,桌子和地上也摆满了书。笼中的小鸟不叫不闹,静静望着主人。他手捧一本线装书,一双眼睛睁得圆溜溜的,读得如醉如痴。他伸出舌头,手指放在唇边,蘸着口水将要翻开下一页。此刻,好书如佳茗,滋味悠长。

读书之乐要属五柳先生最懂得深意,他说:"好读书,不求甚解,每有会意,便欣然忘食。"画中人也和五柳先生一样,读到一本令他欣然忘食的好书。书中佳趣,书中之乐,不可与外人道也。

春风沉醉的清晨,空气微醺,洁白的琼花在水面摇曳。此刻，在江南的春天里，我只想做一个安安静静的读书人，多么幸福。

画家谢友苏先生是苏州的文化名人。他出生于家学渊源的书画世家，父亲谢孝思和母亲刘叔华皆是著名画家，他自幼受到良好的艺术熏陶，几十年来与笔墨丹青为伴，与寂寞孤独为伴，潜心创作。姑苏深厚的文化底蕴，滋养了他的笔墨，他的作品充满了苏州生活的韵味。他的画雅俗共赏，风格独特，自成一家，多次在国内外美术展览中展出和获奖，赢得大众的喜爱。如今，年过古稀的谢友苏先生，以精湛的画艺和深厚的艺术修养，履行着"教画传道，立德树人"的教育宗旨，教画育人，桃李满园。

谢友苏先生的画，皆是一幅幅姑苏人家的风情画。画里弥漫着江南人家的烟火气，洋溢着生活的恬淡与妙趣，令人爱不释手。尘世里的脉脉真情、友情、亲情、爱情，都在他的画里。画里充满文人生活的闲雅之味，江南人家生活的趣味，洋溢着人世间浓浓的人情味。

心有静气，一生从容

2015年6月18日，大家闺秀张充和先生在美国纽黑文仙逝，享年102岁。

看她年轻时的照片，穿素色旗袍坐在竹椅上，眼神清澈，端庄清丽，美如一块碧玉。

合肥张氏四姐妹出生于苏州的诗书世家，琴棋书画，诗词歌赋，无所不精。这四位女子是张元和、张允和、张兆和、张充和。张充和先生是姐妹中最小的一位。

叶圣陶先生曾说："九如巷张家的四个才女，谁娶了她们都会幸福一辈子。"大姐张元和的夫君是昆曲名家顾传玠，二姐张允和的夫君是周有光，三姐张兆和的夫君是沈从文，四姐张充和则嫁给了德裔美籍汉学家傅汉思。

张充和少年时，家中姊妹合办一本刊物《水》，有文章、诗词、绘画、书法，从编辑、抄写到装帧、出版都是姊妹们自己动手，多么清雅而有情趣的一家人啊。

第一次见张充和先生的书法，是在湘西凤凰沈从文先生的墓碑上，上面刻着她题的挽词："不折不从，亦慈亦让；星斗其文，赤子其人。"晋人小楷，风骨秀逸。四句诗中镶嵌四个字——从文让人，几乎概括了沈先生的一生。我以为"让"字最好，沈先生一生为人慈悲、善良、宽容，他将一生的坎坷屈辱都忍让了，只留下文字的脉脉清香，随着沱江的清流漂向远方。

张充和幼年时未进过学堂，在家中跟名师朱谟钦学习古文和书法，16岁师从昆曲名家沈传芷学昆曲，19岁以国文第一名、数学零分的成绩考入北大中文系。那时她爱戴一顶红帽子，骑着单车穿行在北大的林荫道上，北大学生称她"小红帽"。她洒脱灵秀，冰雪聪明，尤其昆曲唱得细腻婉转，风情万种。在北大曾和胡适、沈尹默、章士钊、沈从文、张大千、卞之琳师友相从。那时的生活真是风花雪月，海棠结社，姹紫嫣红，多少浪漫和诗意！

汪曾祺先生在文章中写唱昆曲的她："张充和唱昆

曲,是水磨腔,娇慵醉媚,若不胜情,难以比拟。"抗战结束,她在苏州拙政园的一叶兰舟上唱昆曲:"良辰美景奈何天,赏心乐事谁家院……"亭台水榭间,临水照花人,真是倾国倾城,绝代风华。

难怪诗人卞之琳一次偶然遇见她,便情不知所起,一往而深。那份爱情,是一场美丽的意外。也许,邂逅一个人,只需短短的一瞬间,而爱上一个人,往往却是一生。年轻的诗人写过许多首诗给她,比如《断章》:"你站在桥上看风景,看风景的人在楼上看你。明月装饰了你的窗子,你装饰了别人的梦。"其实,张充和就是"装饰了别人的梦"的"你"。诗人一生爱慕她,写过上百封信给她,都没有回应。此时,她已经心有所属。后来,她嫁给了汉学家傅汉思并移居美国,和傅汉思一起在耶鲁大学任教,她教书法和昆曲。

抗战期间,在重庆,她师从书法名家沈尹默先生学习书法。沈尹默先生称赞她的书法是"明人学晋人书"。如今,翻阅她的书法作品集《古色今香》,其中收录了80多年来她的书法精品,让人不由得惊叹中国汉字的大美。她的书法品格极高,尤精小楷。楷书似文人,一笔一画,端然静气,沉稳飘逸,如兰花摇曳,字字生姿。她也终成一代书法大师。

那次,她和苏炜讲起老师沈尹默先生。还在重庆时,一天下午,她和沈先生一起在餐馆用餐,饭后,沈先生不放心她一个人回家,执意要送她到公交车站。此时,暮色四合,沈先生是1000多度的近视眼,什么都看不清楚。等公交车来了,她和沈先生挥手道别,却没上公交车。沈先生以为她已经上车,转身离去。她便偷偷地跟在沈先生身后,看着他在暮色里摸摸索索,一路磕磕绊绊寻回了家,她才放心离去。她说,沈先生一直没有发现自己跟着他呢——暮年时她讲起这段往事,忍不住"咯咯"地笑起来,如少女一般调皮可爱。此刻,你仿佛看见她年轻时俏丽活泼的模样。

张先生写书法作品时,多用珍藏的明清时期的古墨,墨上面刻着一行小诗:一生知己是梅花。她慢慢地研磨,静静地书写。古老的墨是光阴凝结的一枚琥珀,有岁月沉淀的松柏的清香,轻轻敲击,还有金石之声。她说,古墨写出来的字都是有香味的。可不是吗?用这样的古墨,写兰草一般的书法作品,真是留得年年纸上香。

作家董桥最喜欢她的书法,说:"我迷张先生的书法迷了好多年,秀慧的笔势,孕育温存的学养,集字成篇。"

她独特的气质,都是诗书滋养的精神之美。她是集学识才艺、琴曲书画一身的人,也是将东方的古典美和优雅携带一生的人,更是将艺术之美携带一生的人。我们常人被尘埃淹没的艺术知觉,在她的心里都完美无缺地保留了下来。

心中有静气的人,仿佛一生都在品茶,水是沸腾的,心是安静的。看世事沧桑,风云变幻,她沉静从容,气定神闲。

书法和昆曲是她一生的知己。她一生去过许多地方,但是,似乎永远活在青春年少时的苏州园林,活在杏花春雨里的江南水乡,活在才子佳人缠绵婉转的昆曲中。她每天依然唱曲,习字,吹笛,作诗,一生徜徉在艺术的天空里,最美的人生也不过如此。

百岁的张充和依然秀丽、洁净、清贵,常穿着一袭典雅的旗袍,清风秀骨,仪态万方。她和夫君傅汉思是一对柴米夫妻,也是神仙眷侣,他们举案齐眉,琴瑟相合,牵手走过半个多世纪。结婚二十周年纪念日,她曾题诗给他:"莫求他世神仙侣,珍重今生未了缘。"她百年的人生、爱情、艺术,都那样和谐圆满。

喜欢她的诗:"愿为波底蝶,随意到天涯。"自由潇洒,诗意流淌。暮年的她仿佛是一只张着翅膀的彩蝶,停留在岁月深处,风姿翩翩,神情端然。

春花秋月何时了,往事知多少。百年的闺秀,仿佛是时光的代言者。如果,一个世纪的流年往事都是历史烟云中的山水画卷,那么,她则是山水云烟中的一幅水墨留白,有着穿透岁月的恒久之美、人格之美。

不如和花缠绵

时常在网络上看老树的画。穿长衫的男子怀抱着一枝梅花，从山中走来。远山、近树、脚下的野草几株，画上题诗："春深好题画，两物最入诗，水上雨数点，山中花一枝。"画中人均无眼目，更无表情，但是，闲逸散淡，意蕴悠长。看着那幅画，就想起丰子恺的画。一个人站在梅树下仰头赏梅，天空刚落了雪，树下已是落红翩翩。白雪红颜，相看两不厌。画上有诗："触目横斜千万朵，赏心只有两三枝。"原来，梅花是历代文人的知己呀。

老树的画中，一个人背倚一株梅树吹箫，梅花闲闲自落，淡淡几笔，画出闲逸、清高的文人情怀，也画出许多文人心中的梦境，去山中访友，踏雪寻梅，水边吹箫，花间品茗，似乎自古文人没有做完的梦，被老树一支画笔忽然唤醒了。

有人说，老树的画有意思；我说，有意思的东西才有性情。有意思的画，再配上一首小诗，更是妙趣横生，令人莞尔。

老树的画集《花乱开》，书名真有趣。"乱"字多好，无规矩，无限制。法无定法，不束缚画家的灵魂，便是艺术创作的最高境界。"乱"也是人家院墙里探出的一枝山桃花，疏淡有致，清香悠然，耐人寻味。不信，你看：一幅传统的水墨画，穿长袍的人，双手抱着树枝，双脚腾空。枝头繁花烂漫，他抱着树枝荡秋千，悠哉悠哉。山空人静，水流花开，连人也要在春风里睡着了……画旁有诗："无奈生于世间，日子真不清闲。与其与人纠结，不如与花缠绵。"这大概是老树作画时的心灵写照吧。一颗在红尘中疲惫不堪的心灵，在画里才能自由地呼吸。我何尝不是呢？

一个人独自在水边吹箫，水中的睡莲还在梦里。江南可采莲，莲叶何田田。一朵白莲睡在碧绿的荷叶上，如同白胖的婴儿睡在绿床上。他在水边吹箫，箫声是水面上的紫燕，低飞徘徊，把一池的睡莲唤醒。"一池睡莲总不醒，推说池畔草未青。春风悄然已走近，我说消息你来听。"

看老树的画，读出两个字"天真"。我以为，天真是艺术创作最好的状态。我也觉得老树应该是一个天真、干净的读书人。其实，丰子恺先生的画也满纸天真，童心盎然，一派天趣。闲逸的画中，自有一份现实的安稳。不论尘世怎样纷乱喧嚣，总有这样的人，以一支画笔为人们守住精神世界的故园。

老树的画，看似是传统的山水画，然而又不全是。他的画和芸芸众生没有隔阂，和这个时代没有距离，一支笔画人世百态，他的画是俗世的"浮世绘"。

老树，原名刘树勇，在中央财经大学任教授。最让人称奇的，是他的题画诗，书法出奇地拙朴，小诗古文功底非凡，在哲理和禅理之间，寥寥数笔，才情尽显，与他的画相映生辉。

人与自然有着无以言状的依恋。春天里的清晨，我常在江畔散步，看着一树树的花开。先是桃花开了，桃之夭夭，灼灼其华。紧接着洁白的梨花在风中摇曳，落花如雪。不几日，一丛丛嫣红的蔷薇爬上了篱笆，再后来石榴花就羞红了脸，如同乡间出嫁的新娘，咧着大嘴憨憨地笑。阳光下，一大片三叶草也会开花，粉红的，小小的，如同羞涩的小姑娘掩着嘴笑了。风中绿树，旷野繁花，开在尘世。在春日里看老树的画，画中有秋蝉、蛐蛐、鞋子、小鸟、莲蓬、人物、落花，看见什么就画什么，一路画过去，就是境界——从容入世，清淡出尘，透着寻常人世的烟火气和暖意。

喜欢他的另一幅画，山水间，两个民国时期装束的男子坐在开花的树枝上闲聊。树下草木正深，落花翩翩。他题诗一首："周日兄弟入深山，开花树上待一天。但凭春风催花落，不吃不喝亦无言。"两人对坐着，一同听风、看花，心中之事，只说三分，多么自在逍遥。他随手几笔淡墨，带着几分古代文人的闲逸和才情，三分画意，两分诗意，亦庄亦谐，让人留恋其中，不忍离去。此时，艺术的灵感，何尝不是一份俗世的"邪念"？

老树曾在新浪微博"老树画画"上发过一组"向竹久梦二致敬册"，原来，他和丰子恺一样喜欢这位日本画家。其中有一幅画：远山、房子、几株闲草，天空有燕子轻灵地飞过，一条寂静的小路伸向远方，就是没有一个人。但觉意境优美，有情调，更有味道。

他在画中题诗：远山的影子，寂静的村道，小河的清流，布谷的鸣叫，天真的孩子，温厚的翁媪，恬淡的尘梦，全都没有了。

看着他的画,我仿佛一瞬间回到童年的故乡,粉墙黛瓦的村落,门前盛开一树粉红的合欢花,美如梦幻,白发的祖母坐在花树下缝补衣裳,春天的风吹过原野,桃红李白,杨柳如烟……故乡那么遥远,往事随风飘落。

老树的画在一瞬间唤醒我沉睡的灵魂,我总是在春天分外思念故乡,渴望来自泥土深处的温暖。可是,那些恬淡的梦境,如他所说,都没有了……

艺术是最美好的梦。艺术是当空皓月,枝上花开。虽然如梦似幻,可是,它依然带给我们灵魂愉悦和宁静。比如老树的画。

与其与人纠结,不如和花缠绵,多好!

决不辜负春天

春寒料峭的午后,翻开法国画家让·弗朗索瓦·米勒的画册,静谧和悲悯的气息一瞬间将灵魂覆盖。他的画有田园牧歌的意境,流淌诗一样的哀愁。

那幅画就是《晚祷》,一对贫穷的夫妻,在田间劳作。黄昏时,晚霞映照着他们的身影,落日的余晖下,大地苍茫。他们脚下竹篮里放着刚挖出的土豆。此时,远处教堂里悠扬的钟声敲响了……于是,他们放下手中的农具,女人合掌祈祷,男人脱下帽子,神情无比虔诚。此时,暮色苍茫,大地平静,灵魂安详。他们祈祷什么?祈祷大地给予贫寒的他们一点点生之温暖。如米勒一样贫穷的农人,祈祷孩子健康,能吃饱饭,哪怕每顿饭能吃上些土豆……

悲从何处来,都从他的心底而来。浓郁的伤感弥漫在他的画里,让人坚硬的心一瞬间如雨滴一般柔软。我恍然明白，宁静和悲悯具有一种神奇的力量。

有些画，不在笔尖，不在画布上，在他的心里。

自幼生长在贫苦农家的米勒，一生和大地息息相关。他的画笔只为纯朴、勤劳的农民而画。后来，他成为法国巴比松画派的代表人。辛勤劳作在土地上的米勒，也将一生的光阴执着于绘画，作品流淌着对自然无限的虔诚和敬意。

然而，贫穷和饥饿一生困扰着他。有时，他的一张素描只能为孩子换来一双鞋子。为了把食物留给孩子们，有一次，他整整两天没吃东西。朋友送来政府的救济品和钱时，他对妻子说："我买点木柴回来……我太冷了。"

漫长的一生，他的画一直不被主流画派认可，那些学院派画家讥笑他的画——简直土得掉渣。直到1867年，在他人生的暮年，他的画在巴黎博览会上获得了社会的第一次承认，人们逐渐认识了米勒的艺术价值。

人间得失，悲喜转换。可是，米勒在人世的光阴，已经薄如一片雪花。

几年后，61岁的米勒病逝于巴黎郊区的巴比松村。而后，法国为购回那幅《晚钟》，竟花了80多万法郎。如今，他的画已成了无价之宝。画家生前的孤苦凄凉和身后的光荣敬仰是多么不相称。他一生贫困潦倒，食不果腹，在寒冷荒凉的人世间苦苦跋涉，处处碰壁，步履艰难，他的才情和智慧与当时的社会格格不入。命运是否常常让一位天才饱受苦难？

不论生活给予什么，他都说："生活是悲苦的，可是我决不忽视春天。"读着那句话，我凝视窗外，早春时节，窗外的玉兰树已开了两朵雪白的花朵，春寒中默默不语，笑意盈盈。因为它还有一个美好的名字——深山含笑。我心里默诵那句话，心底泛起层层的涟漪。

米勒的妻子卡特琳娜·勒梅尔一直支撑着他，共担苦难，忠贞不渝，做他苦难生活中温暖的伴侣。他们一起抚养了九个孩子。他的妻子几乎就是那幅《喂食》中的年轻的母亲。一身布衣的母亲坐在木凳上，手里端着碗，给孩子们喂饭。三个小女孩乖巧地坐在门槛上，大约只有三四岁，一个个仰起头，张着嘴，如嗷嗷待哺的小燕儿。母亲专注的深情，如一只辛劳的母鸟喂养她的孩子。孩子可爱极了，给母亲一张花儿般的笑脸。也只有一张张笑脸，才是贫寒生活中母亲能展欢颜的原因。

年幼的她们不懂得母亲内心的煎熬,不懂得父亲为生活所受的挣扎和艰难。不远处,破旧的石屋的尽头就是田地,父亲正在田里耕耘,挥汗如雨……

母亲的脚下卧着一只猫,墙根有一只母鸡在觅食……此时,微风拂过母亲鬓角的秀发,枝头的小鸟在风里睡着了……原来,世间一派安宁祥和、岁月静好,都在母亲的一粥一饭里,都在米勒的画里。

看着那幅画,童年的光阴一瞬间将我唤醒。铺满阳光的小院里,祖母坐在木凳上给我和妹妹喂饭。我们仰着头,一口一口吃着香甜的小米粥。春天的风吹过故乡的原野,麦浪返青,桃花遍野,柳丝如烟……

其实,养育我们的不是山珍海味,而是母亲熬的金黄的小米粥。如同滋养我们心灵的就是米勒朴素、圣洁、悲悯、宁静的画卷,因为那些画和大地息息相关,和生命紧紧相依,和你我的灵魂相连。

喜欢他的那一幅《拾穗》。秋天的原野,麦子已收割了,碧空如洗,金黄的麦地里有三位拾穗的妇女,她们分别戴着红色、黄色、蓝色的头巾。她们弯下腰,低着头,虔诚地拾着麦穗。丰富的色彩统一于柔和圣洁的氛围中，展现给人一种田园牧歌般的意境。

她们身后是金灿灿的麦垛。但是，堆积如山的麦垛和三位拾穗的母亲毫不相干，那不是她们的粮食。她们只能俯身在土地上，细心地拾起零落的麦穗。也许，家里已经没粮食了，幼小的孩子还在饿肚子。戴着蓝头巾的母亲实在太累了，腰疼得直不起来，她一只手扶着腰，另一只手拾麦穗，仿佛拾起苦涩岁月里一点点甜。她额头上的汗水一滴滴落在泥土里。

诗人写过：母亲每拾起一个麦穗，就像是给大地磕一个头。不是吗？一粒米，一个麦穗，走过季节，养育苍生。雨雪烈日下，农民和每一个麦穗相依为命。一代代的生命就是这样走过岁月，他们汗流浃背，疲惫不堪，但是，他们依然心怀虔诚、欢喜和感恩。

米勒终生保持对大地的款款深情与敬畏之心。他手中的一支画笔，泼洒对大地无限的眷恋，也表达着对与土地相依为命的农民深深的悲悯。只有赤子，才会深爱着土地和一生劳作的人们。

画家远去了，而画还在。可是，欣赏画的眼和心还在吗？

春风沉醉的夜，隔着漫漫岁月，我用手抚摸画家的画册，悲欣交集。此时，光阴是缓慢的，缓慢到我用一个春天读懂他的画，靠近他的灵魂。

有人说，历史如一颗洋葱，若一层层剥开，总有一瓣洋葱让人流泪。是的，抚去光阴厚厚的尘埃，他的画人性自然，天性温暖，经得起岁月之手细细翻阅。因为，那些画一瞬间让人的内心如棉花般柔软和温暖。

生活的磨难没有给他的画带来多少寒意，更没有让米勒沉沦。相反，他的画着色柔和温暖，深情饱满，圣洁安详，土地和农民是他一生创作的源泉，也是他悲苦生活里永恒的春天。因为，他从没有忽视春天。不论霜严雪寒，艺术带给他的竟然都是生命的暖意，使一生沉浸在庄稼、大地中的画家，怀着一颗赤子之心。

如今的我，何尝不是一个拾穗人？生活给予我的都是金黄的麦穗。似水流年里，所有的过往、疼痛、欢颜、悲伤、爱都是沉甸甸的麦穗。我以一支笔，俯身拾起它们。因为，我决不忽视春天，也决不辜负春天。

第四辑
人间知味

无用之美

世间无用之事,有着无以言表的美。

比如花笺。

深秋,与友人在日本京都清水寺下面的小街流连。见一家小店卖信笺,窄窄的宣纸,手掌般大小。洁白的宣纸上落着细小的樱花花瓣,三三两两,沉静如梦。另几张宣纸上,点染几片红枫,随风翩翩落下,让人一瞬间感觉秋意袭来。花笺上大面积空白,空白处正好写字,花笺尺素,诗意幽幽。如果给远方的朋友写信,红笺小字,说不尽的情思,落在美好的纸上,分外有古意。

店主穿着白色的衣衫,提笔在宣纸上作画,一头微微卷曲的头发,鬓角有了星星白发。他见我捧着信笺看了又看,向着我微笑。这种花笺,原来叫怀柄纸,是古代文人和友人通信的便笺。

如今,写在纸上的情书渐渐消失了,仿佛古老的爱情也随之消失了。

怀柄纸让我想起唐代的"薛涛笺"。书中记载,成都有一口井,名薛涛井,井水是用来制薛涛笺的。唐代才女薛涛以芙蓉花为原料,井水制笺。花笺面如芙蓉,纸张柔韧光洁,其间暗含隐隐的花瓣,色彩斑斓,是宣纸中的佳品。一时间薛涛纸贵,当时的文人墨客竞相购买。

秋意渐浓,夜雨敲窗,这样的夜晚适合读古人的手帖。

王羲之《初月帖》:"虽远为慰,过嘱。卿佳不?吾诸患殊劣殊劣,方涉道,忧悴。力不具。羲之报。"意思是说:我们相距这么远,收到信,觉得内心安慰。你太过牵挂我了,你好吗?我有太多忧患,真不好。行旅途中,忧愁,心力交瘁。不写了,羲之报之。

手帖是王羲之写给朋友的信笺,逸笔草草,情真意浓,余味悠长。"卿佳不?"你好吗?深厚的情意一时间穿透千年的光阴。

可惜的是，如今的人们，再也写不出墨笔绝美、情深义重、短小清雅的笺了。

落叶与残荷，原来都是世上无用之物。

有位学生去拜访朱光潜先生，秋深了，见院中积着一层厚厚的落叶，学生找了一把扫帚，要为老师清扫落叶。朱先生阻止他说："我等了好久才存了那么厚的落叶，晚上在书房看书，可以听见雨落下来、风卷起的声音。这个记忆，比读许多秋天境界的诗更生动、深刻。"

朱光潜先生是多么有情趣的人啊！

记起《红楼梦》中有一回，宝玉和黛玉同众人游园，宝玉见荷塘中残破的荷叶，说，这些破荷叶真可恨，怎还不叫人拔去？黛玉这时不乐意了，说道："我最不喜欢李义山的诗，只喜他这一句：'留得残荷听雨声'，偏你们又不留着残荷了。"宝玉听了，连说果然好句，咱们以后就别叫人拔了。

朱光潜先生舍不得清扫的落叶，林黛玉舍不得拔掉的枯荷叶，原来都有萧瑟之美。

人生难得听秋声。留得残荷与落叶,不过是为了听秋风秋雨之声。

假日,和儿子辰阳一起去北京的齐白石故居,看见白石老人的一幅画《蛙声十里出山泉》。原来这是老舍先生给老人出的一道难题,让他用诗人查慎行的诗句作画。画上,山间一条清流潺潺而来,溪流中游动着一群大小不一的黑色小蝌蚪。我问儿子:"白石老人画得好不好?"他说:"不仅画得好,还有意思。""好在哪里呢?"他说:"好在画外有画,画外有声,意趣在画外。"看来,他看懂了这幅画。

在电脑上,细听叶嘉莹先生讲古诗词。前几年,一直迷恋她的"迦陵说诗"系列。她穿一条紫色的长裙,围着灰色的丝巾。90岁的叶先生站在台上,偌大的会场,顿时鸦雀无声。她讲起古诗词,依然激情饱满,荡气回肠。我静静凝望着叶先生,她才是世间称得上"先生"的女性。她的气质,是浸染古典诗词沉淀出来的优雅与大美。

有学生问她:"您讲的诗词很好听,但是,对我们实际的生活有什么帮助呢?"

叶先生说:"你听了我的课,当然不能用来评职称,也不会加工资。可是哀莫大于心死,而身死次之。古典诗词中蓄积了古代伟大之诗人所有的心灵、智慧、品格、襟抱和修养。诵读古典诗词,可以让你的心灵不死。"

说得多好!读古典诗词似乎是无用的,但是,她让我们的心灵不死。白发的先生,一生都是诗词的女儿,她始终怀抱着一颗赤子之心。

她将毕生的财产 3000 余万元全部捐赠给国家的教育事业。她这样说:"我这个莲花总要凋谢,可是,我要把莲子留下来。"

自古文人喜欢做的事,大多是无用的。比如:看樱、听雨、写信、观帖、赏画、吟诗、读书、品茗,他们乐在其中,忘乎所以。这些世间无用的事,却能让人活得有滋有味。

无用之事与文学、艺术、音乐、爱情相若,却似梦境一般美好。在浮躁的尘世间,她们宛如静夜的月光,抚慰每一颗荒寒的心。

画家的闲章

静夜，在灯下欣赏画家的闲章，一枚枚朱红的闲章落在雪白的宣纸上，是白雪落梅花，分外动人。

夏日的清晨，和儿子一起去北京的齐白石故居，看望白石老人。雨儿胡同里青石铺地，墙边的一丛丛凌霄花开得灿烂。四合院里立着白石老人的雕像，是雕塑家吴为山先生的作品。老人一身布衣，手执一根手杖，清瘦的面庞，白须飘然，目光深邃悠远，仙风道骨，画坛泰斗也。

白石老人早年做过木匠，五十七岁入北京，经过十年的"衰年变法"，自创墨叶红花风格，另辟蹊径，自成一家。他的书画金石俱佳。他却认为自己是印第一，诗第二，画第三。暮年的老人存有印章三百，自称为"三百石印富翁"。

我喜欢白石老人的印章,他改篆刻的圆笔为方笔,空间分割大起大落,单刀切石,大刀阔斧,酣畅淋漓,创造出大写意篆刻的独特风格。

静静欣赏他画中的闲章:犹有梅花是故人;梨花小院思君;麓山红叶相思;风前月下轻吟。都是意蕴悠长的诗句。

白石老人有一枚闲章"知白守黑"。他的画处处讲究留白,笔墨之妙,妙在疏密有度。老子说:"知其白,守其黑。"这是人生的格局和气象。画中的知白守黑,是懂得留白与节制。其实人生也是一样,若没有留白,就没有心灵的呼吸。

老人常用的一枚闲章,是"寂寞之道"。在《余语往事》一书中言:"夫画者,本寂寞之道,其人要心境清逸,不慕官禄,方可从事于画。"反复品读,那是历经沧桑的老人一生的坚守。大师者,是一生甘愿为艺术忍受寂寞之人。

老人画草虫的时候,会题"惜其无声",更喜欢用闲章"草间偷活"。品味良久,"惜其无声"是对草间小生灵的赞誉和怜爱;而"草间偷活"仿佛是诉说自己百年人生的境遇，令人感伤。

画家老树喜欢用一枚闲章——"民国中人"，画里穿长衫的人头戴礼帽，均无眼目，更无表情。他常去春天赏花，水边吹箫，山中访友，踏雪寻梅，悠哉悠哉……

淡淡几笔，画出了闲逸散淡的文人情怀。一袭长衫的男子，儒雅清朗，像是自古文人心中的一个梦。浮世喧嚣，一位闲逸洒脱的人活在他的画里，让读者跟着画中人的脚步，仿佛回到世外桃源，到了红尘之外。读者一颗疲惫不堪的心灵，在老树的画里才能自由地呼吸。

吴冠中先生有一枚闲章名"荼"，他曾说自己是"荼者"。荼，词典的解释是一种苦菜；"荼"同"涂"，深含苦难、艰辛之意味。荼者，如火如荼，他将毕生的精力与热情都倾注在书画艺术里。

他说："石鲁如果到了美国不回来，就没有了石鲁；鲁迅如果当年不从日本回来，也就没有了鲁迅；我这个苦瓜，只能结在苦藤上，只有黄土地的养料适合我生长。"是的，他将一生的爱和心血浸透在祖国的黄土地上。

读作家阎纲笔下暮年的吴冠中：一天清晨，见吴老和夫人坐在楼下草坪边的洋灰台上，打开包，取出精致的印章，有好几枚，磨呀磨，老两口一起磨。有人走过去问他："您这是做什么？"吴老说："把我的名字磨掉。""这么好的东西您磨它……"他说："不画了，用不着了，谁也别想拿去乱盖。"那么珍贵的印章，为了防范赝品，吴冠中破釜沉舟。多么刚烈、率真的老人啊，不愧为画坛的"鲁迅"。他一生崇拜鲁迅先生，称鲁迅先生为自己"精神的父亲"。

似乎看见一对白发的老人，坐在路边的台子上，低着头，用力磨着印章。磨掉大画家吴冠中的名字，那么果断、倔强、毫不怜惜。他老了，画不动了，没必要留着这些印章……

画家黄永玉有一枚闲章，刻着"无法无天"，品来余味悠长。随心而画，不束缚画家的灵魂，自由洒脱，率真随性。无法无天，艺术的至高境界，就是如此吧。

我有一枚闲章，"以文养心"，用文字滋养一颗洁净的心灵，是我写作的座右铭。这枚闲章是父亲送我的，玛瑙石刻成的，温润如玉，蘸了西泠印社的印泥，钤在自己的新书上，宛如一枚红月亮。可是，父亲再也看不见了。

一枚枚闲章,如同书画的眼睛。

闲章,最有趣味在一个"闲"字,清雅有底蕴。画家的闲章,原来是画外之音,画后余味,也是萦绕在画外的一缕情思。

艾草青青

晨起，一个人在苏州的平江路漫步，水边的桃花开了，斑驳的粉墙映着一枝枝桃花，如同一幅水墨丹青。

街边的小店门开着，店里的食客三三两两，清晨的阳光透过垂柳，洒在门前的木桌上，蒸笼里卧着一个个圆圆的青团。买了两只捧在手上，青团里包着红豆沙，艾叶的清香混合糯米的软糯与红豆的甜香，咬一口，仿佛将春天含在口中。

清明到了，原野上的艾叶青青，采回来鲜嫩的艾叶切碎了，挤出嫩绿的汁液和糯米粉混合在一起，包上豆沙、肉松、蛋黄的馅，上锅蒸熟，江南人家就做出各种口味的青团，味美如春。

《诗经》有云："彼采艾兮，一日不见，如三岁兮。"原来，艾草是伴着爱情从千年前的诗歌中向我走来的。那位布衣诗人走在山野间,将青青的艾叶掂来握在指尖,思念就如潮水般涌起。他的诗句随风飘远了,落在《诗经》的泥土中,开出了深情、朴素的花朵,流传了千年。

端午节到了,祖母带着我在田野里割艾草。我一会儿去摘一朵喇叭花,一会儿去追赶小羊。小羊刚刚长出两只小角,像顶着两颗粉红的葡萄,我总想用手去摸摸羊儿的小角。采摘回来青青的艾草,捆绑好立在家门前,祖母说,别小看了这些艾草,能驱邪祛病保平安。粉墙黛瓦的小院里,处处弥漫着艾叶的清香。院里的合欢树开满粉红的云霞,祖母坐在树下,将艾草叶子慢慢摘下,熬了水给小弟弟洗澡,等到夏天来了,小孩子不会招蚊虫叮咬。

夏天的黄昏,白鹿原上的小村子弥漫着艾草的气息,月上柳梢,满头白发的老婆婆烧好一锅艾叶水,用手试试水温,将幼小的孩子放在木盆里洗浴,晚风清凉,鸟儿在枝头睡着了,小娃娃坐在木盆里,水中映着一轮圆月,映着祖母的白发,映着孩子的笑脸。

许多年以后,森儿出生的第一个端午节,我用准备好的艾叶水给他洗澡。8个月大的他坐在澡盆里,白白胖胖的身体，水晶似的双眸，如同杨柳青年画里的胖娃娃。他用小手高兴地拍打着水，水花四溅，笑声如珍珠散落一地。

流年似水，《诗经》里的艾草，被一代代的祖母采集回来，用清香艾叶水给小孩子洗浴，为他祛病驱邪，祝他平安健康，也愿他一生清洁，由内而外，不仅身体洁净，灵魂更应如此。

祖母吩咐大哥带上一把镰刀，去田野里收割一些艾草。艾叶渐渐枯黄了，一捆捆晾晒在温暖的阳光下。晒干了的艾草，堆在祖母脚下。午后的阳光下，祖母坐在院中的木凳上，低着花白的头，用艾叶编一条长辫子，宛如女子长长的秀发，祖母手中的"辫子"越编越长，仿佛能伸到月亮上。

祖母低头编"辫子"。我一边挥着"辫子"跳绳，一边不停地问："奶奶，编艾草做啥呢？"祖母笑着说："等到明年夏天，点燃的艾绳用来熏蚊子。"

夕阳西下，暮色四合，倦鸟归林，艳阳的火味渐渐消散，编好的艾叶长辫挂在木门上。祖母点亮一根三尺长的艾绳，顿时小屋升起袅袅青烟，空气中弥漫着艾草的清香……

　　祖母点亮的三尺艾绳,从我的童年一直亮到了现在。闻着艾草的气息,无论我走出多远,都能找到村口那棵大槐树,都能找到回故乡的路。

生命的故事

那年春寒料峭的日子，当知道我用生命怀抱着你的时候，我就像一位年迈的老农满怀欣喜地守望着那片碧波荡漾的麦田，守候着他的麦苗返青、抽穗、扬花、结果。我满心焦急地等待，满心欢喜地等待，直到自己渐渐丰盈如一轮满月。

秋高气爽的季节，我时常在院中的草坪上漫步。我小心翼翼地走路，轻声细语地说话，我第一次对太阳、星辰、青草、飞鸟，甚至每一个细小的生命充满虔诚的敬意。我明白这是因为有你。面对你，我举止优雅、心灵纯洁。因为你，我变得宽容、豁达、心怀感激，是你，让我珍视世间每一个美好的生命。

直到你第一次叫"妈妈"，你会牵着我的手跟跄着学步，你开始欢欢喜喜地上幼儿园，你能骑着小车呼啸而来、呼啸而去。在伴你长大的岁月里，常在街头看见同你年纪相仿的孩子摔倒，便忍不住赶快抱起他，因为他黑宝石般的眼睛像你。在小城的公交车上，看到上车的老人没有座位，我会起身让座，因为他满头的白发和蹒跚的步履像你的外公。我同朋友说起有孩子后的感受，她说遇到再难的事情也不会有万念俱灰的念头，因为有个活泼的小生命向你飞奔而来，冲你大喊着"妈妈"！我知道是你教会我重新认识世界，审视人生，因为有你，我不再脆弱，我变得坚强而且快乐。是你，让我怀着一颗悲悯的心学会善待一切。

有你以后的日子里，我重读了史铁生的《我与地坛》。也许是做了母亲的缘故，那篇作品带给我的感动与震撼都显得不同寻常。几年前在旧刊物上看到史铁生年轻时在陕北插队时的照片，红黑的脸庞上洒满阳光般的笑容，头上扎着陕北特色白毛巾，怀里竟抱着一个出生不久的小牛犊。就是这样一个健壮、伟岸的年轻人忽然间再不能行走，他的后半生将与冰冷的轮椅相依相伴。他在文中说："那时她的儿子还太年轻，来不及为母亲想，他被命运击昏了头，一心以为自己是世界上最不幸的一个。"他的母亲在儿子的痛苦中灵魂备受煎熬，母亲情愿病着的是她自己，而不是自己的儿子。母亲情愿用自己的双腿与儿子交换，换取他的一份活力与健康,然而这一切都不可能。我明白儿女快乐时母亲比我们更欢喜,而儿女的苦难在母亲那里会增加十倍乃至百倍。

"我放下书,想,这么大一座园子,要在其中找到她的儿子,母亲走过了多少焦灼的路。多年来,我头一次意识到,这园中不单处处有我的车辙,有过我的车辙的地方也都有过母亲的脚印。"这是史铁生的母亲,也是我们所有人的母亲。这样的一字一句都敲在我的心上,让每一个做儿女的人都禁不住泪流满面。

然而,母亲从不悲观,从不绝望,她静静地守候着、期盼着,她相信她的儿子能走出这炼狱般的痛苦。也许是母亲毫不张扬的爱和坚韧的意志给了他一份生命的力量,使得史铁生在苦难中掌握了智慧,在沉寂十年之后,他的作品如雨后春笋般呈现在人们面前。世人用赞叹和敬重的目光认识了这位不向命运低头的作家。

孩子,等你长大了,我会让你读这篇文章。我将带你去北京看万里长城,还有我心里一直想去的史铁生的"地坛"。我想去寻找作家留下的车辙的印记,想摸一摸那棵高大的白杨树。我将告诉你一个关于生命的故事。

在那里曾经孕育过一个不能行走,然而人格高大、站立着的作家。这个故事里有一种精神叫作坚韧和顽强。我们从中领悟到一份对生命满怀希望的深深的热爱,让人永远难以忘怀。

永不凋零的亲情

在人流如潮的街道上,迎面走来一对父子。暮年的父亲搀扶着他年轻的儿子,慢慢地走着。年轻人头上缠着厚厚的纱布,走路显得十分吃力。父亲低声和儿子说话,皱纹纵横的脸上荡漾着一缕温情。儿子听着,点头,笑了。人生最艰难的时刻,都是骨肉至亲相互搀扶着,走过那段坎坷崎岖的路。人生寒冷的季节,也只有血脉相连的人,依偎着相互取暖。

导演谢晋有个智力障碍的儿子叫阿三。阿三在世的时候,每当谢晋外出,他就在门前守着,眯起眼睛来,扒在门镜上向外张望,日复一日,年复一年,痴痴等着父亲回来,谁劝他也不离开,直到额头上的眉毛都被门镜磨得稀疏异常。谢晋对朋友说:"只要我一出门,他就离不开门了,分分秒秒等着我回来。"

我忽然懂得那个成语"望眼欲穿",心中一阵阵的酸楚。

谢晋去了另一个世界,陪伴他的儿子阿三了。但愿他不再辛苦地拍戏,能陪着阿三,别让阿三守在门旁苦苦等他回来。

所谓幸福,就是能和自己的亲人厮守在一起,不要让亲人盼他回家,望眼欲穿。

一位白发的老人,穿着件洗得发白的蓝色上衣。他拉着一辆简易的板车从商场出来,上面堆满了大大小小的纸箱。车后忽然冒出一个圆圆的小脑袋,五六岁的小男孩,正歪着头,弯着腰,撅着小屁股,用力帮着他的爷爷推车。一张花儿般的笑脸,为老人抵挡多少岁月的寒霜。

有一次在火车上,我的对面坐着一位50多岁的男子,带着他八九十岁的母亲。他的母亲行动不便,一直坐在轮椅上。坐得时间久了,累了,就唤他的儿子,要坐到座位上来。儿子抱起骨瘦如柴的母亲,小心翼翼的，像是怀抱着一个小小的婴儿。母亲稀疏的白发，如冬日江畔一丛丛洁白的芦花。

张爱玲在文章《私语》中写到她幼年时的弟弟。一次，弟弟被父亲重打了一顿，他哭了好一阵儿，忘记了，又去阳台拍皮球玩。而她坐在桌前，端起饭碗，不能说话，眼睛里溢满了盈盈的泪水。继母看见了，讥讽她：打的又不是你，委屈的倒是你了。她看见弟弟挨打，代替不了他，保护不了他，只有哭泣。年幼的她，失去了母亲的庇护，再富足的生活，也没有多少人间温情。她不忍看弟弟挨打受苦，心里疼痛不已，却无法表达，唯有落泪如雨。

可是，70岁的张爱玲，孤独地走在异国他乡的街头，看见橱窗里摆放的一种香肠卷，就想起小时候父亲常带她去的一家咖啡馆，父亲总是爱买香肠卷给她吃。隔着悠长的岁月，再苦涩的旧事，也弥漫着人世的一缕温馨。她在风烛残年的时候，终于放下了对父亲的怨恨，放不下的，却是尘世间的那一点点暖意。老来多健忘，唯不忘思亲。

春日枝头的繁花，好比天边的彩虹，鸟儿羽毛上抖落的露珠，花瓣上滑落的雨滴，节日里的幸福，一转眼就陨落了，过去了。

永远不会凋零的，唯有人间亲情与真爱。

有人说，所谓爱，只是写在纸上。我说，所谓爱，它渗透、充盈在我们的梦里和心里。

爱儿小札

一

你上一年级的那个冬天，寒冷的清晨我送你去上学，一弯晓月挂在天上。你对我说："妈妈，你看月亮像不像眉毛呢？"我说："是，你说得真好。有一个成语就是：新月如眉。"

早晨为你买了早点，是你从未见过的新疆的馕。你欣喜地捧在手里，看了看，说："它多像一面鼓啊！"

在姥姥家，你正在吃紫阳的小橘子，扁扁的，橘红色，带着翠绿的小树叶，大概是刚摘下来不久吧。你说："看它像不像一个金色的小南瓜？"

你的想象力永远那么好，就像一个小诗人。

昨晚，你完成作业后，大声地唱歌："妈妈是我的玫瑰，妈妈是我的花，妈妈是我的爱人，我永远的牵挂。"你串唱的是庞龙的《你是我的玫瑰花》。我笑晕！

一天，我想改变一下多年长发飘飘的样子，就与你商量："妈妈想将头发去烫一下，你说好不好呢？"你认真地说："那你可不要把头发烫得和方便面一样，那样真不好看！"

那天和你玩疯了的时候，我就在你白白的小胳膊上亲一口。你诡秘地笑着说："妈妈，这可是我的初吻啊！"

你上小学二年级了，这半年来自信了很多。常说，你的作文在你们班不是第一名，就是第三名。我笑你，你就吹牛吧。你气得不得了。

你每天早晨醒来第一件事，就要在我的脸上亲一下。我觉得这样不太好，对你说，你已经八岁了，是个男子汉了，再不要这样亲妈妈了。可是，我常常在沉沉的深夜里，仔细端详你的模样。你睡着时憨憨的样子可爱极了，白里透红的脸庞，浓密的眼睫毛低垂着。你睡着的时候是垂下翅膀的天使，醒来就是难缠的小魔鬼。可是，我还是忍不住轻轻亲吻你的小脸。一次，你故意噘着嘴过来亲我,我大喊一声:"嘴下留人!"你"咯咯"大笑起来。

一天早上,你刚下楼要去上学,忽然大叫着,忘了戴红领巾了!我急忙跑上楼回家去取红领巾。你戴上后笑眯眯地说:"妈妈,我给你取个新名字,就叫'飞快高跟鞋'!"

那天,你做作业好慢,边做作业边玩。我感叹:"你好'肉'啊!简直就是个'肉包子'!"你生气了,用那双黑水晶一样的眼睛瞪我。

一天,你数学测验成绩不理想。我一边吃饭,一边数落你。你听着,突然说:"妈妈,书上有一句话这样说:'夸奖上帝,上帝会给你幸福。夸奖孩子,孩子会有进步!'"我瞬间闭上了嘴巴。

语文课上刚学了一句"赠人玫瑰,手留余香"。你和我聊天,说:"妈妈,我看到一句话,和这句成语的意思一样。""是什么呢?"你说:"给,永远比拿愉快。"我问:"这是谁说的呢?"你说:"高尔基呗!你连这都不知道,你还当作家呢!"

晚上，你的作文写完了，我给你改了几个错别字和一句不通顺的话，然后郑重地说："用稿纸重新抄一遍！"你说："作家钱钟书写文章从来都一气呵成，不改一字的！"我被你气昏。

在书店看见一套《福尔摩斯全集》，你爱不释手，我就买了回来。你那么爱阅读，常常说，自己是博览群书。自从迷上福尔摩斯之后，你经常问我："妈妈，我怎样才能做一个像福尔摩斯这样的侦探呢？"看来，你的理想不再是做航天员了，又改做侦探了！

过了几天，你又说："妈妈，你给我买一套黑色西装和一个烟斗，就像电视剧《家有儿女》中的刘星一样，穿着黑色西装，嘴里叼着烟斗，那才像侦探呢！"我说："你穿上那身行头就是侦探了？做侦探要有丰富的知识，还要有强健的身体。"你噘着嘴生气了。

你喜欢一个人静静地看书。那天，我正在做饭，你忽然大声喊："妈妈！"我知道你一定是看见书里恐怖的情节，才失声叫我。我答应了，你便瞬间安静下来。

这些时候，我觉得我是幸福的。因为你需要我陪伴在你身边。孩子，我们今生血脉相连，密不可分，若没有你在我身边,我内心的恐慌和不安同你一样。有人说过,"除了棉花,没有什么能给我们温暖"。你唤我一声"妈妈",就是这个世界给我的柔暖和贴心的"棉花"。你唤我一声"妈妈",我是最幸福的人。

二

你九岁,上小学三年级,今年"六一"儿童节获得学校评比的"优秀少先队员"奖状。你放学回家就打通我的手机:"妈妈,我要告诉你一件'喜事'!我今天获得'优秀少先队员'了,我真高兴!"全班几十名孩子,只评了三名"优秀少先队员",儿子真棒!

你敏感、多思、善解人意,像我小时候一样。电视上正在播放汶川大地震的报道,我看见戴着红领巾的孩子们遇难,就泪不能禁。你坐在我身边,陪着我看电视,看我流泪,一只小手伸来牵着我的手,不说一句话。

我带你在小超市买了一些零食,花了十几元钱。你回家把自己攒起来的十八元零花钱都给了我,说:"我不知道妈妈每天要花好多钱给我买吃的,今天我请客。"

下午,你说想吃"麻辣烫"。小区里有一家卖"麻辣烫"的,你馋得直流口水。我开始忙着自己动手做,一阵锅碗瓢盆交响曲之后,一盘麻辣鲜香的"麻辣烫"端上桌。你尝了一口,说:"真好吃!"而后,你笑眯眯地说:"妈妈,你以后就有三种职业了,第一,上班挣钱。第二,写作挣钱。第三,卖'麻辣烫'挣钱。"

晚上做作业,你又算错了一道数学题,爸爸很凶地训斥你,你十分沮丧地耷拉着大大的脑袋,一个人小声嘟囔。我问:"你在说什么?"你凑到我耳边,悄悄说:"等我长大当爸爸了,我的孩子如果做错了题,我就好好给他讲题,不吵我的孩子!"我笑出了眼泪。

我写了散文《我们俩》,发表在报纸副刊上。你认真读完了,一脸的不高兴。你瞪着亮晶晶的眼睛说:"这是我们俩人的秘密,谁让你写出去了?"我一脸的无辜,赶紧道歉。

你的作文写得好,经常被朱云霞老师在课堂上表扬。前几天,作文《调皮的我》中就有这样几句话:我平时做作业有点马虎大意,经常犯一些小错误。比如:能把加法算成减法,把"苹果"写成"菜果",我以后一定要改掉这些坏毛病。我做作业有时慢吞吞的,像一只蜗牛,所以,我妈妈给我取了个好听的名字——"肉包子"!这就是我,一个活泼、可爱、调皮又有些小毛病的男孩。书上说"金无足赤,人无完人",我一定能改掉身上的小毛病,做一个优秀的好学生。

语文老师挑选了几篇优秀作文,让孩子们在课堂上朗诵,你说,当你读到"我妈妈给我取了个好听的名字——'肉包子'!"时,班上的同学一阵哄堂大笑。朱老师夸你写得好!你洋洋得意的样子可爱极了。

几周之后,你的习作《调皮的我》发表在《安康日报》上。你拿着报纸送给语文老师,朱老师在课堂上夸赞了你。没想到,同学们一下课就围着你要签名。你回家来感慨万千:"妈妈,我今天也当了一回作家,竟然签秃了3根铅笔呀!"

我和一位文友同时给一家报纸副刊投稿多年,一日,她问我:"近期有没有收到报纸的稿费?"我说:"没有啊,我们要像等待爱情一样等待稿费。"她问:"你等来爱情了吗?"我答:"我等来了孩子。我等来了上苍赐予我的宝贝。有了他,我有了一个世界;有了他,我什么也不想要。"

如果有来生

父亲病了,母亲陪着他去省城看病,一去就是两个月。在父亲去治疗的日子里,我的担心和忧虑与日俱增,连梦里都是父亲的身影。秋雨潇潇的日子,我们匆匆北上去看望病中的父亲。

母亲早早地在医院门口等着我们,几十天不见,母亲似乎苍老憔悴了许多。在父亲生病的日子,只有母亲相伴,我们甚至没有在他们身边说几句宽慰的话。母亲心中的煎熬,只要看她新添的白发就全知道了。

我在病房里见到父亲。他的病用了大量的激素,脸有些浮肿,人看起来很虚弱。父亲说,激素对他的病有好处,但对人的免疫系统有破坏,昨天感冒发烧了,今天的精神不如前几天的好。不过,大夫说他的病渐渐好转,下个星期就能出院了。看着父亲每天让吊针扎得浮肿的手,仿佛那些针一针针刺在我的心上,让我疼痛不已。走出病房,我禁不住泪水涟涟。

父亲老了,以一种任何力量不可阻挡的速度老去,他像一棵沧桑的大树,生命的年轮刻满岁月的风霜与痕迹。我觉得父亲很可怜,他的病我们谁也不能替他分担,只能眼睁睁看着他一个人忍受病痛的折磨。

秋风萧瑟的日子,我奔波在这座古老城市的大街小巷,为父亲买一种价格昂贵的新药。街道两旁高大的梧桐树上的叶子,如同一只只褐色的蝴蝶在风里翩翩起舞。偶尔,也会看见路边围墙上,有的藤蔓垂着几片红叶,火一样地燃烧着,悲壮而辉煌。我一直以为这个季节是这座古城最美丽的时候,而这个秋日的雨雾弥漫了我整个心灵。

一天,乘公交车路过一个站牌,我忽然看见陌生又熟悉的站牌——碑林。许多年前也是云淡风轻的日子,父亲牵着童年的我漫步在古木参天、庄严肃穆的千年庭院里。我们悄然走在石碑之间,用心阅读着一块块虎踞龙盘的石碑,就像阅读一本本厚重沧桑的历史大书。

父亲指着一块石碑说,这就是你习字的唐代柳公权的玄秘塔碑。那时六岁的我刚开始学习书法。父亲说,柳体枯润纤密、端庄挺拔,又别有一番风骨。古人说的颜筋柳骨,就是这个道理。

在一块石碑前,父亲站立良久。碑文我不懂,便问父亲是谁写的。父亲说,是于右任先生的《行书五言联》。于先生是我们陕西人,他的书法豪气逼人、才华纵横。新中国成立前,他去了台湾省,可惜老人80岁病故他乡,再也没能回到他魂牵梦绕的八百里秦川。于先生去世前写道:"葬我于高山之上兮,望我大陆,大陆不可见兮,只有痛哭。"父亲的声音在秋风里有些嘶哑。我抬起头,看见父亲的眼睛里有什么亮晶晶的东西在闪烁。我幼小的心灵被老先生感天动地的乡愁深深打动。

小时候,练习书法是一件枯燥和寂寞的事,也有想放弃的时候。父亲总说:有志者事竟成。任何事情都要持之以恒,才会成功。我的字渐渐有所长进,作文也常常得到老师和父亲的赞赏。父亲说我敏感多思,对事物的领悟力很强,有写作的天赋。那些长长的假期,我徜徉在书的海洋里流连忘返,快乐而忘我,《红楼梦》《呼兰河传》《骆驼祥子》《家》《春》《秋》……我常常穿越时空与书中的人物倾心交谈。

父亲说,每个人身上都有一种自己看不见的力量,珍视它,发掘它。我温和的父亲一直以欣赏、鼓励的目光关注着他瘦小的女儿一分一秒的成长。

父亲,如果说,长大后我对文学的梦一直不曾泯灭,那就是您曾在我幼小的心灵播下一颗文学的种子,那颗种子渐渐生根发芽,在梦想的原野开出色彩缤纷的花朵。许多年以后,我没有成为书法家,这些其实都不重要。十年习字的过程,让我懂得什么是坚韧、毅力和意志,这些足以支撑我面对生命中的一切风雨。我想,对于孩子来说,如果想要他的成长中充满斑斓的色彩和意义,就要让他怀抱着一个美好的毕生都在追逐的梦想。

感谢父亲,您的赞赏与肯定的目光像一缕阳光照亮我青涩的年少时光,即使步履艰难,我依然相信生活就是在成长的疼痛中充满了梦想和希望。

我们长大了,父亲老了,我们很少触及情感的话题,可是我知道,我们彼此的关怀都是来自心灵深处的爱。

我的生命里流淌着父母的血液,我以前和未来的文字都是用父母给我的生命写下的。在失落、迷茫、痛苦的时候,父亲给予我的爱,在暗夜里照亮了我的梦想。

父亲,我想对您说,今生做您的女儿我感到很幸福。如果有来生,我还愿意做您的女儿。

人间知味

烟花三月下江南，如果你忘了品尝青团的滋味，就不能算是来过江南。

苏州平江路的清晨是被"吱吱呀呀"的摇橹声唤醒的。走在湿漉漉的青石板路上，小河里，穿着蓝花布衣的船娘轻轻摇着乌篷船，乌篷船在水面渐渐走远了，船尾泛起一层层涟漪。杨柳依依，一只紫燕从石桥下灵巧地飞过，旧时的诗人也过桥了吧。水边的小店里，主人正忙碌着。蒸锅里雾气腾腾，不一会儿，端出一笼冒着热气的青团。一个个圆圆的青团躺在竹匾里，买来捧在手里，蛋黄馅的青团别有滋味，碧绿的青团裹着金黄的鸭蛋黄，看一眼，就令人忍不住流口水。豆沙馅的青团又糯又香，咬一口，艾草的清香与糯米的甘甜融为一体，清甜宜人，仿佛把春天含在口中。

唐代书法家怀素有一幅《苦笋帖》，读来生动而风雅。

"苦笋及茗异常佳,乃可径来。怀素上。"他说,苦笋和茶异常美,就直接送来吧。率真洒脱,不端架子,不装模作样,真是名士风流,多有趣的人。

苦笋就是甘笋,如一指长,剥去翠绿的外衣,细细长长,如一支洁白的毛笔。汉江边小城的春天,春笋上市,笋切丝配上青椒和春天的韭菜同炒,鲜嫩清新,清脆可口,味美如春。

另一种竹笋称冬笋,粗大壮美,冬天里江南人家砍来堆放在竹筐里,有人来买,就细细剥了黄色的竹衣,白胖胖的笋子憨憨地立在竹筐里,洁净如玉。竹笋是山珍中的翘楚,江南人家一年四季喜欢食笋,不仅滋味鲜美,还可清热祛湿,养肝明目。

春风一吹,田里的韭菜绿油油的,如女子的一头秀发。祖母一手提着竹篮,一手牵着我去菜园子割韭菜。竹篮里放着一块白瓷碗的碎片,我见了就仰着头问:"奶奶,这碎瓷片有啥用?"祖母说:"碎瓷片是用来割韭菜的,要是用刀割韭菜,韭菜就有了铁腥气,吃起来就不香了。"如今想想,这真是一种乡间美学。祖母用割好的韭菜，配了鸡蛋、豆腐给我做了韭菜盒子，一生难忘。

许多年后，我有了一个可爱的宝宝。每年春天，等韭菜上市，我就给家人做韭菜鸡蛋盒子。儿子咬了一口，仰起头，圆眼睛笑成一弯新月，说："妈妈，真好吃，我吃到了春天的味道。"

后来，读汪曾祺先生的书，他说："文求雅洁，少雕饰。如春初新韭，秋末晚菘，滋味近似。"这是说韭菜的滋味，当然，也是说好文章的滋味。

暮春时节，白鹿原陌上花开，槐花在风中摇曳着，一串串雪白的花映在绿叶中，有风拂过，花香遍野，沁人心脾。

这时候，满头白发的祖母就唤大哥去槐树上摘槐花。树并不太高，大哥用竹竿绑了铁钩，仰着脖子耐心地摘槐花。我负责捡起落在地上的花枝，小猫前后跟着我疯跑。祖母坐在院子里，面前放一个竹篮子，枯瘦的手指将枝上的花儿细细摘下，不一会儿就堆满了一竹篮。我低下头，闭着眼睛，把手和鼻子埋进花里，贪婪地闻着花香。祖母摸着我的小辫子，温柔地说："傻丫头，看把你馋的。你去和猫咪玩一会，中午我们蒸槐花饭。"我就听得心花怒放。

漫漫一生，祖母做的槐花饭，是我吃过的最美味的槐花饭。

清明前一晚，我梦见了祖母，她笑眯眯地坐在故乡的小院里，面前放着一竹篮的槐花。那篮槐花盛着雨声、鸟鸣、方言、露珠、童年、思念，都是故乡的滋味。

最美的青春，就让它停在原处

我 18 岁从一所电力专业学校毕业，在陕西渭北平原上一家火电厂上班。火电厂高大的烟囱整日冒着浓浓的白烟，几座冷却塔威严地蹲在一望无际的平原上，它们仿佛是古老土地上的守护者。

寒冬里，平原上狂野的风呼啸着，深夜一个人去上班，昏黄的路灯将瘦小的身影拉得长长短短，那个孤独的女孩裹紧大衣走在寒风凛冽的路上。有时，天落了大雪，积雪如同厚厚的棉被铺满了街道。寂静的夜里，一个人走在雪上的脚步声清晰极了。小巷里，犬声鼎沸，我心里害怕极了，不由得加快了脚步。柴门闻犬吠，风雪夜归人。可是，我不是归人，我只是黑夜的眼睛，我醒着，黑夜就醒着。路上，我心里默诵着顾城的诗："黑夜给了我黑色的眼睛，我却用它来寻找光明。"那句诗好像是为我写的，因为，我就是光明的使者。

深夜里，在电厂的中控室里监视一排排仪表，每个人轮流值班一小时。有月亮的晚上，我常常站在值班室外的天桥上看月亮，午夜的月亮如银盘一般，大得惊人。喜欢海子的诗："天空一无所有，为何给我安慰。"那时，内心无比的茫然和苦闷，明月如镜，仰头看着它在白莲花般的云朵里穿行，我问月亮，我的未来在哪里？

午夜的值班室里，灯火通明，我抱着一本大学语文课本，认真地读书，记下细细密密的笔记。人到中年的班长看我整天看书，就笑着问我："你以后是不是想当作家？"

工作中，我整日和硕大的电气设备、电器开关相依相伴。业余生活单调而枯燥，同龄人大多在打牌、闲聊、逛街、谈恋爱。可是，我不愿意这样，陪伴我的除了一把红棉牌的木吉他，就是单位图书馆里的书。我时常去图书馆借书，从《梵高传》《简·爱》《悲惨世界》到《围城》《茶馆》《傅雷家书》……我几乎抱着这些书取暖，来温暖我孤单、远离亲人的18岁，我用阅读和书写对抗内心的不安和孤独。读《梵高传》，其中有梵高写给弟弟提奥的信。他说，他又没有钱了，已经好几天没有吃的，他日夜呕心沥血创作的画一张也卖不出去……我的内心无比地酸楚。梵高穷困潦倒,食不果腹,生不逢时,处处碰壁。多年以后,我的书柜里保存着几个不同版本的《梵高传》,然而,我不忍细读,仿佛那种伤感和疼痛依然还在,永远留在我 18 岁的心底。

可是,那些文字仿佛春风一样把一颗寒冬里的心唤醒了。文字那一点点绿色,瞬间将荒寒的心灵染绿,江河万里,绿水长天。于是,一颗焦躁、孤独的心慢慢变得沉静和安然。

月上柳梢的时候,我在宿舍四楼的露台上抱着吉他唱歌。月光如水,吉他声清澈、忧伤而空灵,有着不能言说的惆怅。那时最喜欢唱齐豫的《橄榄树》,她玻璃般透明的声音忧郁、浪漫,有着万种风情:"不要问我从哪里来,我的故乡在远方……"那是我想家的时候,我想念在汉江之畔温暖的家,想念父母家人。音符如同雨滴一般,落在长长的眼睫毛上,落在琴弦上。

有一个高大的男孩,穿着白衬衣和牛仔裤,常常站在露台另一角抽烟,烟火如星光,一明一灭,我们从不说话。他几乎每天黄昏都来,我有时不唱歌,只弹奏《爱的罗曼史》《罗密欧与朱丽叶》《瑶族舞曲》。他来了许久,终于开口说话,洁白的牙齿,剑眉星目,眼神深如潭水,有着蓝月亮一般的忧郁。

他远远地听着,指间捻着一支烟,抽几口,凝望着我,什么也不说。他是我那个孤单的春天里沉默的朋友,只用静静的守候陪伴着我。有时,他对我说,唱一首《恋曲1990》吧:"乌溜溜的黑眼珠和你的笑脸,怎么也难忘记你容颜的转变,轻飘飘的旧时光……"那些落日的黄昏,倦鸟低飞,高大的冷却塔冒着白烟,晚霞里,我倚着楼顶的铁栏杆唱歌,还有他低沉而磁性的和声。

有一天,听说他要调回遥远的故乡。临走,他在露台上和我告别。他说:"常听你唱歌,我也为你唱一首吧。"他接过我手中的吉他,歌声苍凉如流水,一直流到我忧伤的心底,是李叔同的《送别》:长亭外,古道边,芳草碧连天。晚风拂柳笛声残,夕阳山外山……歌声低飞徘徊,如飞鸟在林间盘旋,如杨柳拂过碧绿的湖水。多年之后,江南采莲的季节,我在杭州的虎跑寺看见弘一法师李叔同作曲的《送别》的手稿,一时间,悲欣交集。仿佛还听见白衣男孩的歌声:天之涯,地之角,知交半零落……

因为,世间美好的东西总是让人愉悦而伤感。比如：青春，爱情，文字，音乐。

那把红棉牌的木吉他如今立在书房的墙角，落满了岁月的尘埃。那一日，是我的森儿八岁的生日，来了一群小伙伴，他们争抢着要弹吉他，并问森儿："这是谁的吉他？"森儿大声回答："我妈妈的！"孩子们吃惊地望着正切生日蛋糕的我，不相信地问："阿姨，你还会弹吉他？"

多年来，我一直迷恋着一种乐器，它直达内心，魂牵梦绕，心心念念，它就是我的那把木吉他。它几乎代表了我所有的青春时光，我的白球鞋、牛仔裤、如瀑的长发、飘逸的长裙、月光下的琴声和白衣男孩潭水般的眼神，我永远不再回来的青春……

有时候和朋友去歌厅唱歌，一开口，还是唱少年时最喜爱的歌，我依然迷恋着他们的声音：罗大佑、齐秦、王菲、林忆莲……我一直认为，他们是用灵魂唱歌的歌者，听他们的歌，如同在用耳朵喝酒，沉醉不知归路。我也一直以为只有那时的歌曲最美，动人心魄，因为，他们曾经温暖和穿越孤独、迷茫的青春。

前些天，整理旧物，偶然看见六本笔记本，都是那几年在火电厂记下的日记和读书笔记。发黄的扉页，清秀的字迹，一笔一画，皆是心血。那些蓝墨水的字迹，被光阴晕染成一朵朵紫罗兰，那么美，美得令人心酸。

那些我青春时期读过的书，如今正一点点地显现出来，它滋养了我的写作，润物无声，如同春雨。那是阅读的馈赠，我因为它们，一天天成为现在的自己。

岁月仿佛是一只蚌，青春只是深埋在蚌里的一粒沙，光阴的河流中，那一粒沙渐渐凝结成了温润的珍珠，盈盈如玉，熠熠生辉。

青春为什么那么美好，因为它只是用来怀念的。它如清晨的朝霞，荷叶上的露珠，稍纵即逝，永不回来，连同那场美好的初恋。可是，它永远都在。无论你走出多远，一回头，它还在那里，永远藏在心底最柔软最温暖的角落，一生一世，与灵魂紧紧相连。

不必深究，最美好的东西就让它停在原处。

小 名

小名是私密的名字，只有至亲至爱的人知道。

在书店里，偶见书架上有一套《莎士比亚全集》，译者竟是朱生豪。莎翁的作品，中文翻译最饱满、最有神韵的便是朱生豪先生的译本。

写到翻译家朱生豪先生，就不能不提他的妻子——一代才女宋清如。她端庄秀丽，诗文空灵洁净。当时，《现代》杂志主编施蛰存先生曾称赞她的诗文："一文一诗，真如琼枝照眼。"

朱生豪先生在翻译《莎士比亚全集》时说："求于最大可能之范围内，保持原作之神韵。"这位才华横溢的翻译家，一提笔翻译就是十年。十年里，抗战爆发，时局动荡，烽火连天。他贫病交加，仅依靠一点微薄的稿费维持拮据的生活。此时，妻子宋清如的爱，给了他精神的慰藉和温暖。他对妻子说:"我很贫穷,但我无所不有。"是啊,他有爱情在左,理想在右,即使生活困顿不堪,还是有梦可依。他支撑病弱的身体,埋头于夜以继日、废寝忘食的翻译工作。宋清如默默地守在他的身旁,做他忠实的助手和伴侣。

1944年萧瑟的深秋,朱生豪已耗尽生命最后的一点力气,他握着妻子温柔的手,说:"小清清,我要去了。"他抛下一周岁的幼子和绮年玉貌的妻子。那一年,朱生豪年仅32岁。

小清清,是妻子的小名,是他在家里满怀爱意呼唤着的名字。他走了,再没有人在她耳边柔情蜜意地这般呼唤。从此,"生死两茫茫,不思量,自难忘"。可是,她知道,只要她还活着,思念就在,他的梦想就在,爱情永恒。傅雷先生曾说,爱情于天地茫茫而言,实在是小。而我说,光阴走了,即使老去鬓白,唯有爱还在。

有时候,爱一个人和坚守一种信仰,几乎没有区别。

尔后,宋清如忍住所有的孤寂和忧伤,于乱世中坚韧地活了下来,她一个人抚养大了孩子。她教书育人,桃李芬芳。新中国成立后，她终于完成丈夫的遗愿，出版朱生豪翻译的《莎士比亚全集》。

见过宋清如女士暮年的照片，神情从容，端然安详。她老了，鬓如霜，发如雪。可是，她依然是朱生豪的小清清，今生是，来生也是。

岁末，收到好友自远方寄来的贺年卡。清秀的字迹，"娟，有过多少朋友仿佛还在身边。我们相识二十年了，人生有多少个二十年呢？"她一直这样唤我。

犹记年少时的那一晚，月色如水，晚风清凉，穿着白球鞋、蓝校服的我们坐在校园的操场上看月亮，橘黄色的月亮，像一枚蛋黄挂在天上。我们说着女孩子的悄悄话，不记得说了什么，只记得她说："娟，我只告诉你，这是我们两人的秘密。"漫漫人生，那一瞬间铭刻在心里，一辈子念念不忘。

多年不见，我去北方的城市看望她。敲开门，见她手上牵着四岁的小女儿，细眉细眼地笑，喜悦如莲花盛开。她唤孩子："快叫姨姨，姨就是妈妈最好的朋友。"我蹲下来看孩子，星星般的眼眸，可爱的童花头，粉嘟嘟的小脸，活脱脱是她小时候的模样。我拥着孩子，仿佛拥抱着幼年时候的她。我望着她笑，笑出了眼泪。真是：昔别君未婚，儿女忽成行。

森儿五岁时，家里的电话响了，他接起电话，唤我："娟，你妈妈叫你接电话！"我生气地瞪着他，他却得意地"咯咯"大笑起来。

森儿十岁了，暑假时带着他去桂林旅游，正在机场候机，一会儿就不见他的人影。我一着急，就唤他的小名，他背着大包飞奔而来，瞪着黑水晶一样的眼睛警告我："妈妈，在外面不许叫我的小名，叫一声就罚款一元！"旅游结束回家之后，他伸手要钱："妈，缴罚款，共计23元。"

"去时陌上花如锦，今日楼头柳又青。"光阴如流水，只有至亲至爱的人还记得你的小名，那一声轻轻的呼唤，那么令人心喜，心动，心醉，心暖。

在一家卖玉器的门前，立着一副对联：玉不能言最可人，情不必诉最暖心。真喜欢。中国是有"情"境的民族，这情，乃人间大情、大爱。那一声轻唤，是寂寞红尘中的一枚碧玉，是人世给你的一份温暖。那么，你还向喧嚣荒寒的尘世索求什么？